PASIÓN DESBORDANTE

KATHIE DeNOSKY

D0802598

HARLEQUIN™

Editado por Harlequin Ibérica.
Una división de HarperCollins Ibérica, S.A.
Núñez de Balboa, 56
28001 Madrid

© 2014 Harlequin Books S.A.
© 2016 Harlequin Ibérica, una división de HarperCollins Ibérica, S.A.
Pasión desbordante, n.º 125 - 20.1.16
Título original: Lured by the Rich Rancher
Publicada originalmente por Harlequin Enterprises, Ltd.

I.S.B.N.: 978-84-687-7630-9
Depósito legal: M-34325-2015
Impresión en CPI (Barcelona)
Fecha impresion para Argentina: 18.7.16
Distribuidor exclusivo para España: LOGISTA
Distribuidores para México: CODIPLYRSA y Despacho Flores
Distribuidores para Argentina: Interior, DGP, S.A. Alvarado 2118.
Cap. Fed./Buenos Aires y Gran Buenos Aires, VACCARO HNOS.

Capítulo Uno

A la hora señalada del Cuatro de Julio, Chance Lassiter y su hermanastra, Hannah Armstrong, se dirigieron hacia la puerta del gran salón del rancho Big Blue.

—Qué extraño, ¿verdad? Solo hace dos meses que descubrí que tenía una hermana y ahora estoy a punto de entregarte en matrimonio.

—Y qué lo digas —respondió ella con una sonrisa—. Pero Logan y tú sois tan buenos amigos que seguiremos viéndonos muy a menudo.

—Eso por supuesto —corroboró él, y miró con cariño a su sobrina de cinco años, que esperaba con la cesta de pétalos para precederlos por el pasillo—. Le he dicho a Cassie que me la traeré a Cheyenne a tomar helados al menos una vez a la semana. Y no voy a defraudarla.

—La mimas demasiado —se quejó Hannah en broma.

Él se encogió de hombros, sonriendo.

—¿Y qué esperabas? Soy su tío favorito.

—Eres su único tío. ¿Cómo no vas a ser su favorito?

Al descubrir que tenía una hermanastra, resultado de la aventura extraconyugal que su difunto padre había tenido treinta años antes, Chance había experimentado emociones muy diversas. En primer lugar había albergado un profundo resentimiento hacia su padre, al que siempre había considerado un ejemplo de rectitud e integridad moral, por haber engañado a su madre. Posteriormente descubrió que Marlene Lassiter había sabido que su marido tenía una hija y su decepción aumentó porque tampoco ella le había dicho nada. Su madre sabía lo mucho que le hubiera gustado tener hermanos y lo había privado de una posible relación fraternal.

Pero en los dos meses transcurridos desde que conoció a Hannah y a su adorable sobrina, Chance había hecho todo lo posible por compensar el tiempo perdido.

Apretó la mano de Hannah contra su brazo.

–Independientemente de los helados, sabes que lo único que tenéis que hacer es llamarme por teléfono e iré enseguida a por vosotras.

–Tu madre y tú habéis sido muy buenos con nosotras –las lágrimas afluyeron a los bonitos ojos de Hannah, del mismo color verde esmeralda que los de Chance–. No sé cómo daros los gracias por vuestro amor y acogida. Significa muchísimo para mí.

Él sacudió la cabeza.

–No tienes que agradecernos nada. Eso es lo bonito de la familia. A ti y a Cassie os queremos y aceptamos incondicionalmente, no importa el tiempo que hayamos tardado en encontraros.

Echaron a andar por el pasillo que dejaban las sillas dispuestas para la boda. Chance mantuvo la mirada fija en la pequeña pelirroja que caminaba delante de ellos. Los rizos de Cassie se agitaban mientras brincaba por el pasillo arrojando pétalos de su cestita blanca a diestro y siniestro. Como buen tío orgulloso, Chance pensaba que la niña era un portento en todo, pero no había duda de que con un brazo como el suyo podría jugar en la liga de béisbol profesional si se lo propusiera.

Al acercarse al novio, apostado junto al cura delante de la chimenea, Chance esperó la señal antes de colocar la mano de su hermana en la suya. Logan Whittaker besó a Hannah en la mejilla y le sonrió a su amigo mientras este ocupaba el lugar que le correspondía como padrino.

–Cuida de ella y de Cassie –le advirtió en voz baja–. De lo contrario, ya sabes bien lo que te espera.

Logan sonrió y asintió.

–Que me darás una paliza, ¿no?

–Sin dudarlo –le prometió Chance.

–No tienes de qué preocuparte –lo tranquilizó Logan, y se llevó la mano de Hannah a los labios mientras ambos se giraban hacia el cura.

Cuando el reverendo, con gafas, empezó a hablar, Chance miró a los invitados. Estaba el clan de los Lassiter al completo, salvo Dylan y Jenna. La ausencia de su primo y su nueva novia estaba sobradamente justificada, pues habían celebrado su boda una semana antes y estaban de luna de miel en París.

Al pasar la mirada sobre la multitud observó que su prima Angelica se había sentado al fondo del salón, separada del resto de la familia. Aún seguía muy disgustada por el testamento de su padre y se negaba a aceptar que J.D. Lassiter le hubiera dejado el control de Lassiter Media a su exnovio, Evan McCain.

Chance no se imaginaba por qué el viejo había hecho algo así, pero confiaba en el criterio de su tío y sabía que siempre tenía una buena razón para todo. Por desgracia, Angelica no lo veía igual.

Devolvió la atención a la ceremonia cuando llegó el momento de pronunciar los votos. Sacó del bolsillo de la chaqueta el anillo que su amigo le había confiado antes y se lo tendió al que estaba a punto de convertirse en su cuñado. No pudo evitar una sonrisa al ver cómo Logan deslizaba el anillo de diamante en el dedo de Hannah. Él no tenía ninguna intención de seguir sus pasos, pero le gustaba que los demás se unieran en matrimonio cuando estaban hechos el uno para el otro, como Hannah y Logan.

–Por el poder que me confiere el Estado de Wyoming, yo os declaro marido y mujer –declaró alegremente el cura–. Logan, puedes besar a la novia.

Chance esperó a que Logan besara a Hannah y los recién casados echaran a andar por el pasillo con la pequeña Cassie trotando tras ellos antes de ofrecerle el brazo a la dama de honor. Mientras seguían a la feliz pareja hacia la puerta, se fijó en una mujer rubia sentada junto a su primo Sage y su novia, Colleen.

Con sus cabellos dorados y una piel que parecía besada por el sol, era sin lugar a dudas la mujer más hermosa que había tenido el privilegio de admirar en su vida. Pero cuando ella lo miró con sus radiantes ojos azules y sus labios de coral se curvaron en una suave sonrisa, Chance sintió como si alguien lo hubiera golpeado en el estómago, y tuvo que hacer un enorme esfuerzo para seguir caminando.

No tenía ni idea de quién era aquella mujer, pero estaba dispuesto a averiguarlo lo antes posible.

Felicity Sinclar sintió que el destino le sonreía cuando levantó la mirada y vio al padrino mirándola fijamente mientras él y la dama de honor seguían a la pareja de recién casados. Podría describirse con una sola palabra: perfecto.

Vestido con una camisa blanca, chaqueta deportiva negra, vaqueros azul marino y sombrero de vaquero, era todo lo que Felicity había estado buscando y mucho más. Era alto, ancho de espaldas, de aspecto duro y atractivo. Pero sobre todo era un hombre que inspiraba confianza por la arrebatadora seguridad que irradiaba. Para poder usarlo en su campaña de relaciones públicas, sin embargo, tenía que saber si estaba emparentado con los Lassiter.

Él y la dama de honor siguieron caminando y Fee se volvió hacia la pareja sentada a su lado.

–Sage, ¿por casualidad sabes el nombre del padrino?

–Es mi primo Chance –respondió Sage Lassiter, sonriendo mientras se levantaban junto al resto de invitados–. La mayor parte del Big Blue es ahora suya.

El padrino era un miembro de la familia Lassiter…

Excitada, Fee siguió a Sage y a Colleen al patio donde tendría lugar el banquete. Se preguntó por qué no lo había conocido en la inauguración del restaurante Lassiter Grill, pero tenía tantas ideas en la cabeza que no le dio más importancia. Su objetivo era la campaña de promoción que le habían asignado. El rancho Big Blue sería el perfecto telón de fondo para lo que tenía pensado, y aquel apuesto vaquero encajaría como anillo al dedo.

Cuando su jefe, Evan McCain, el nuevo presidente de Lassiter Media, la envió a Cheyenne para publicitar el nuevo restaurante, pensó que estaría de regreso en Los Ángeles al cabo de dos semanas. Pero había hecho un trabajo tan admirable que su estancia en Wyoming se había prolongado.

Dos días antes había recibido una llamada encargándole una campaña de relaciones públicas para recuperar la buena imagen de la familia Lassiter, y Fee sabía que tendría que empeñarse a fondo. Los rumores de que Angelica Lassiter pretendía impugnar el testamento de su padre y su reciente amistad con el infame tiburón Jack Reed se habían propagado como la pólvora y habían enturbiado la imagen familiar de la empresa, creando no poca inquietud en muchos de los accionistas.

Al colgar el teléfono Fee ya estaba barajando varias ideas para volver a hacer de Lassiter Media una de las compañías más sólidas y respetables de todo el país. Lo único que necesitaba era la persona adecuada en el entorno adecuado. Y parecía que acababa de encontrar las dos cosas...

Tendría que hablar con Chance y convencerlo para que apareciera en los anuncios y spots que había preparado, pero estaba segura de conseguirlo. Le habían hablado de lo importante que era la familia para los Lassiter. Cuando le expusiera a Chance por qué había prolongado su estancia en Cheyenne y lo importante que era limpiar el buen nombre de los Lassiter, él estaría encantado de ayudarla.

Se sentó en una de las mesas que habían sido dispuestas en el patio y sacó el móvil del bolso para tomar algunas notas. Las ideas la desbordaban y no podía arriesgarse a olvidarlas.

—¿Te importa si me siento contigo, querida?

Fee levantó la mirada y vio a una mujer mayor con el cabello corto y castaño.

—Siéntese, por favor —le ofreció con una sonrisa—. Soy Fee Sinclair.

—Y yo, Marlene Lassiter. ¿Eres amiga de la novia?

—No, no. Trabajo en el Departamento de Relaciones Públicas de Lassiter Media en Los Ángeles.

–Creo recordar que Dylan comentó que alguien de Los Ángeles se estaba ocupando de la publicidad de la inauguración del restaurante Lassiter Grill en Cheyenne –hizo una breve pausa y añadió en voz baja–: Y cuando hablé con Sage ayer, me dijo que ibas a preparar una campaña o algo parecido para cambiar la mala imagen que están provocando las amenazas de Angelica y su aparente amistad con un tipejo como Jack Reed.

–Así es –admitió Fee, preguntándose cuánto sabría aquella mujer sobre las inquietudes de la junta directiva. Algo le decía que a Marlene Lassiter no se le pasaba por alto nada relacionado con la familia–. Voy a lanzar una campaña de promoción para demostrar que Lassiter Media sigue siendo la empresa sólida y familiar que siempre ha sido.

–Estupendo –dijo la mujer en tono convencido–. Puede que tengamos nuestras diferencias, pero estamos muy unidos.

Las dos miraron a la mujer morena que hablaba acaloradamente con Sage. Era evidente que no estaba nada contenta.

–Ya sé que a muchos les costará creerlo en estos momentos, pero Angelica es una joven maravillosa y todos la queremos muchísimo –dijo Marlene mientras la mujer se alejaba de su hermano con gran enojo e indignación–. Angelica aún no ha superado la muerte de su padre, lo que, unido a la profunda decepción que le provocó su testamento hace que esté pasando por unos momentos realmente difíciles.

Fee sintió el impulso de consolarla y le puso una mano sobre la suya.

–Debe de haber sido un golpe durísimo, sobre todo después de haber trabajado tanto por la empresa. Todo el mundo pensaba que algún día sería suya.

–Cuando J.D. empezó a delegar responsabilidades, Angelica y todos los demás pensamos que estaba preparándola para sucederle –corroboró Marlene–. Te podrás imaginar su reacción cuando solo le dejó un insignificante diez por ciento de las acciones y nombró a Evan McCain director general.

–Solo han pasado unos meses desde la muerte del señor Lassiter –dijo Fee amablemente–. Angelica acabará sobreponiéndose.

–Eso espero –Marlene sacudió la cabeza–. Para un hijo no siempre es fácil entender los motivos de su padre para tomar una decisión. Pero siempre intentamos hacer lo mejor para nuestros hijos.

Fee no sabía a quién se refería Marlene, pero tuvo la impresión de que podría haber más desavenencias en la familia.

–Yo no tengo hijos, pero imagino lo terriblemente difícil que debe ser –decidió cambiar de tema y señaló la mesa de la novia–. No sé quién se ha encargado de la decoración del banquete, pero ha hecho un trabajo increíble.

Todas las mesas estaban cubiertas con manteles de lino blanco y decoradas con rosas rojas, blancas y azules. La mesa del séquito nupcial, sin embargo, estaba engalanada con una guirnalda de gipsófilas y ramilletes de flores rojas y azules.

–Gracias –dijo Marlene, sonriendo–. Hannah me dejó a mí la decoración de las mesas y pensé que el rojo, el blanco y el azul serían los colores más apropiados. Al fin y al cabo es Cuatro de Julio… Cuando oscurezca tendremos fuegos artificiales.

–Abuela Marlene, ¿puedo sentarme contigo para cenar? –preguntó la encantadora niña pelirroja, colocándose entre Fee y Marlene.

–Por supuesto, Cassie, si a tu madre le parece bien.

–Dice que sí, pero que tenía que preguntártelo a ti antes –respondió Cassie. Asintió categóricamente y se fijó en Fee–. Soy Cassie. Desde hoy tengo un nuevo papá.

–Ya lo he visto –dijo Fee. La niña era sencillamente adorable–. Es muy emocionante, ¿verdad?

Cassie sonrió.

–Sí, pero el tío Chance dice que sigo siendo su chica, aunque Logan sea mi nuevo papá.

–Seguro que sí –afirmó Fee.

La niña se sentó al lado de su abuela y Fee se sintió más animada. No sabía que había estado hablando con la madre y con la sobrina de su nuevo portavoz. Si Marlene sabía lo de la campaña de relaciones públicas y estaba de acuerdo, a su hijo también le parecería una buena idea. Con un poco de suerte podría persuadirlo para que protagonizara la publicidad con la que Fee tenía pensado limpiar el buen nombre de los Lassiter.

Sentado junto a su nuevo cuñado, Chance se sentía tan incómodo como un cotizado soltero en una convención de solteronas. No le gustaba ser el centro de las miradas, y cada vez que levantaba la vista del plato veía a alguien sonriéndole, saludándolo con la mano o simplemente mirándolo. Suficiente para que las suculentas costillas de primera calidad le supieran a cuero.

Desistió de terminarse la comida y esperó a

que le llegara el turno para brindar por los novios. En cuanto hubiera pronunciado su pequeño discurso, habría cumplido con su papel de padrino y podría relajarse y disfrutar de la fiesta. Al menos Logan había decidido que vistieran de manera informal, con vaqueros y chaquetas informales, en vez de con trajes o esmóquines.

Recorrió la multitud con la mirada, buscando a la mujer bajita y rubia que le había llamado la atención en la ceremonia. Confió en que se hubiera quedado al banquete, porque era alguien a quien quería conocer mejor.

Estaba convencido de que no era de la zona. No conocía a ninguna mujer que vistiese como ella. Por su impecable aspecto, desde su estiloso peinado hasta los tacones de aguja, resultaba evidente que era una chica de ciudad, y Chance apostaría toda su fortuna a que su vestido rojo sin tirantes llevaba el nombre de un famoso diseñador en la etiqueta. Procedía de un mundo completamente distinto al suyo, pero no le importaba. Él no estaba buscando nada permanente con nadie. Lo único que quería era divertirse un poco mientras pudieran verse.

Cuando finalmente la localizó no pudo reprimir un gemido. Ella y su madre parecían sumidas en una profunda conversación, lo que no permitía presagiar nada bueno. Desde que su madre había descubierto lo que era ser abuela con Cassie había comentado en varias ocasiones que no le importaría tener uno o dos nietos en un futuro cercano.

Era del todo imposible, absolutamente impensable que su madre se lo imaginara como marido y padre.

Frunció el ceño. La idea no era tan disparatada...

Un par de meses antes su madre lo había dejado atónito al admitir que sabía lo de la infidelidad cometida por su difunto padre treinta años atrás. Y luego lo había sorprendido aún más al confesarle que era ella quien había pagado la pensión a la madre de Hannah después de la muerte de su padre.

Los secretos de su madre habían supuesto un desengaño tan grande que solo en las últimas semanas habían empezado a retomar el contacto. No podía arriesgarse a crear más problemas entre ellos.

Estaba tan sumido en sus pensamientos que no oyó lo que Logan le decía.

–¿Qué has dicho?

–Te toca hacer el brindis –le repitió Logan con una sonrisa–. A no ser que prefieras quedarte ahí sentado comiéndote con los ojos a la rubia que está sentada junto a Marlene.

–Tú siempre pasándote de listo, Logan Whittaker.

Soltó un gruñido y agarró la copa de champán para ponerse en pie. Ignorando las risas de su cuñado, les deseó a los recién casados una vida larga y feliz y les regaló mil acres de la finca para construirse la casa que estaban planeando.

Listo.

Por fin era libre para divertirse. Y lo primero que pensaba hacer era hablar con la rubia.

Estaba dispuesto incluso a pedirle que bailara con él. No se le daba muy bien bailar y se limitaba a balancearse al ritmo de la música, pero si aquella mujer le permitía rodearla con sus brazos para mecerse juntos, no le importaría arriesgarse a hacer el ridículo.

Diez minutos después, tras escuchar el resto de brindis por los novios, Chance suspiró de alivio y se dirigió hacia la mesa donde estaban su madre, Cassie y la mujer rubia.

–Por fin se acabaron las formalidades –dijo con una sonrisa–. Ahora, a divertirse.

–Has hecho un brindis muy bonito –lo alabó su madre.

–¿Bailarás conmigo, tío Chance? –le preguntó Cassie, bajándose de un salto de la silla y corriendo hacia él.

–Eres mi chica. ¿Con quién si no iba a bailar?

–bromeó él, haciéndole un guiño a la mujer rubia mientras levantaba a Cassie y se la sentaba en el antebrazo–. Pero tenemos que esperar a que los músicos empiecen a tocar, ¿de acuerdo?

La niña asintió.

–Espero que se den prisa. Voy a imaginarme que estamos en el baile.

–Fee, este es mi hijo, Chance –le presentó su madre con una sonrisa mientras se levantaba–. Mientras esperamos que empiece el baile, ¿qué te parece si vamos a casa a buscar tu varita, Cassie?

–¡Sí, abuela! –exclamó Cassie–. Necesito mi varita y mi corona para el baile.

Chance puso a la niña en el suelo mientras el grupo afinaba los instrumentos.

–Aquí te espero, princesa –su madre y su sobrina echaron a andar hacia la casa y Chance apoyó la mano en una silla–. ¿Te importa si me siento contigo, Fee?

Ella le dedicó una sonrisa encantadora.

–Por supuesto que no, señor Lassiter.

–Llámame Chance, por favor –le devolvió la sonrisa mientras ocupaba la silla que su madre había dejado libre–. No creo haber conocido nunca a nadie que se llame Fee.

–Es el diminutivo de Felicity –se apartó un mechón rubio de la mejilla mientras veían el primer baile de Hannah y Logan como marido y mujer–. Mi abuela convenció a mi madre para que me lo pusiera. Era el nombre de su madre.

–¿Eres amiga de mi hermana? –tal vez era una de las profesoras con las que Hannah trabajaba en Denver.

–No, soy ejecutiva de relaciones públicas en Lassiter Media –se guardó el móvil en el bolso y levantó la mirada. Tenía los ojos más azules que Chance había visto en su vida–. Trabajo en la oficina de Los Ángeles.

Aquello explicaba por qué no la había visto antes, y también su imagen refinada y profesional. Pero aunque seguramente compraba toda su ropa en Rodeo Drive, ofrecía una imagen sencilla y natural que nada tenía que ver con el carácter engreído y sofisticado de casi todas las mujeres empresarias. Fee, por el contrario, parecía una persona accesible que sabía cómo y cuándo divertirse.

–Fuiste tú la que se encargó de la publicidad del nuevo restaurante, ¿verdad? –llamó a uno de los camareros que portaba las bandejas con el champán y agarró una copa para Fee. Para él le pidió al camarero una cerveza–. Mi primo Dylan me dijo que estaba encantado con el trabajo que hiciste para la inauguración.

–No te vi esa noche –comentó ella.

19

Él negó con la cabeza.

–No, aquel día tuve que ir a Laramie por negocios y no pude volver a tiempo.

Ella lo observó por encima de la copa mientras tomaba un sorbo de champán.

–Me han encargado una campaña para mejorar la imagen de tu familia por toda la polémica que se ha creado en torno al testamento de J.D. Lassiter y la amistad de Angelica con Jack Reed.

–¿Así que te quedarás unas semanas por aquí? –le preguntó, esperanzado–. ¿Te alojarás en el rancho?

–Lassiter Media ha alquilado una casa en Cheyenne para los empleados que vienen de Los Ángeles. Me quedaré hasta final de mes, por lo menos.

Chance esperó a que el camarero le llevara la cerveza antes de continuar.

–No envidio tu trabajo. La fama que teníamos de familia unida sufrió un duro revés cuando Angelica entró en cólera al conocerse el testamento de mi tío. ¿Has pensado en cómo vas a arreglarlo?

–Tengo algunas ideas –respondió ella evasivamente.

Chance no tuvo tiempo de preguntarle por esas ideas, porque Cassie se llegó corriendo como un vendaval directamente hacia su tío Chance.

–Estoy lista para bailar. Tengo mi varita y mi corona.

–Ya lo veo –dijo él, riendo mientras la niña intentaba ajustarse la diadema sin soltar la varita de plástico rosa. El grupo empezó a tocar y Chance se giró sonriendo hacia Fee–. Lo siento, pero no puedo hacer esperar a la princesa. Enseguida vuelvo.

Por suerte, lo único que tuvo que hacer fue quedarse quieto y sostener la manita de Cassie mientras ella pirueteaba a su alrededor. La niña parecía tener unas ideas muy claras de cómo debía bailar una princesa, y él no era nadie para rebatirlas.

Cuando acabó la música y los dos volvieron a la mesa, Chance le ofreció la mano a Fee.

–¿Me concede este baile, señorita Sinclair?

Ella se miró los tacones.

–No sabía que tendría que bailar…

Él se rio y se inclinó para susurrarle al oído.

–Ya has visto mis habilidades como bailarín con Cassie. Soy como un tronco balanceándose al son de la música.

Su risa le provocó una deliciosa ola de calor en el pecho.

–Muy bien, porque creo que eso es todo lo que seré capaz de hacer con estos zapatos que llevo…

Aceptó su mano para levantarse y Chance sintió una descarga eléctrica recorriéndole el brazo. Respiró hondo y le sonrió mientras la rodeaba con los brazos. No era un gigante, un poco más de metro ochenta, pero ella era tan pequeña y delicada que no de haber llevado tacones apenas le habría llegado a la barbilla.

–Chance, hay algo de lo que me gustaría hablarte –le dijo mientras se balanceaba ligeramente.

–Soy todo oídos.

–Me gustaría que me ayudaras con la campaña de relaciones públicas que estoy preparando para mejorar la imagen de la familia Lassiter.

Chance no se imaginaba qué tipo de ayuda podía prestarle, pero pensó que no pasaría nada por escucharla. Además, quería conocerla mejor. Ella no iba a quedarse mucho tiempo en Wyoming, pero podrían pasarlo muy bien juntos mientras estuviera allí.

Antes de sugerirle que se vieran al día siguiente para comer y hablar del asunto, ella le dedicó una sonrisa que volvió a prender una llama en su interior. Estaría dispuesto a hacer cualquier cosa con tal de seguir viéndola sonreír de ese modo.

–Claro. Haré lo que pueda para ayudarte –le dijo, apretándola un poco más contra él–. ¿Qué tienes pensado?

–Vaya, muchas gracias –respondió ella, y le sorprendió con un abrazo–. Eres perfecto para el trabajo. Me muero de impaciencia por empezar.

A Chance le gustó hacerla feliz, aunque no supiera de lo que estaba hablando.

–No sé si serviré para otra cosa que no sea ocuparme del ganado, pero lo haré lo mejor que pueda –lo pensó un momento–. ¿Qué quieres que haga?

–Vas a ser el portavoz de la familia para la campaña de relaciones públicas que estoy planeando –dijo ella con una sonrisa.

Chance estaba tan fascinado con su belleza que tardó unos segundos en asimilar sus palabras. Dejó de moverse y la miró con incredulidad.

–¿Cómo has dicho?

–Protagonizarás la publicidad de Lassiter Media –parecía desbordada de entusiasmo–. Saldrás en los anuncios de la tele y…

Siguió contándole sus planes y cómo encajaba él en ellos, pero Chance no la escuchó. Cuando la música acabó, le puso una mano en el trasero y la sacó de la pista de baile.

Sus hormonas habían hecho que aceptara ser el portavoz de la familia sin saber dónde se estaba metiendo.

Maldijo en silencio con todas las palabras que conocía y se inventó otras nuevas. Tal vez fuera un Lassiter, pero no era tan refinado como el resto de la familia. En vez de sentarse tras una mesa en un despacho, se pasaba el día a lomos de un caballo pastoreando el ganado bajo el cielo de Wyoming.

Así le gustaba su vida y así pretendía que siguiera. Por nada del mundo iba a ser el portavoz de la familia, y cuanto antes encontrara una manera de dejárselo claro a Felicity, mejor.

Capítulo Dos

Al día siguiente, Fee introdujo en el GPS de su deportivo alquilado la dirección del restaurante donde había quedado con Chance para comer. Después del baile de la noche anterior, él había insistido en la necesidad de hablar más sobre su papel como portavoz de la familia y ella había aceptado con mucho gusto. Estaba impaciente por comenzar la campaña, y ciertamente el banquete de bodas no era el lugar ni el momento adecuado para discutir sus planes.

El GPS le indicó que girase hacia el norte y Fee se dio cuenta de que estaba tomando la misma dirección que el día anterior con Sage y Colleen, quienes la habían invitado a acompañarlos al rancho Big Blue ya que ella estaba sola y no conocía la zona.

Había nacido y crecido en el Valle de San Fernando, y lo más cerca que había estado de un entorno rural era el huerto que su abuela había intentado plantar junto a la piscina.

Cuando el GPS anunció que estaba a pocos

metros de su destino, respiró aliviada al no tener que aventurarse sola fuera de la ciudad. Entró en el aparcamiento de grava de un pequeño restaurante y sonrió al aparcar junto a una camioneta blanca con el logo del Big Blue pintado en la puerta. Chance estaba apoyado en el guardabarros delantero, con los brazos y los pies cruzados.

Fee tragó saliva al verlo. Si la noche anterior le había parecido un auténtico vaquero con su camisa blanca, chaqueta negra informal y sombrero negro, no podía compararse al aspecto que ofrecía en esos momentos. Con su camisa azul de cambray, vaqueros y sombrero negro de ala ancha, era la imagen perfecta del hombre que se ganaba la vida trabajando la tierra. El tipo de hombre que inspiraba confianza a los hombres y atracción a las mujeres.

–Espero no haberte hecho esperar mucho –le dijo cuando él se acercó a abrirle la puerta del coche.

–Acabo de llegar –respondió Chance con una sonrisa mientras le ofrecía la mano para ayudarla a salir.

Fee ahogó un gemido. Chance Lassiter era arrebatadoramente atractivo, pero cuando sonreía de aquella manera era absolutamente irresistible. Ya se había fijado en él la noche anterior, pero había atribuido su impresión a la excitación que le provocaba haber encontrado al portavoz perfecto para la familia.

Frunció el ceño y se reprendió a sí misma por ser tan tonta. Lo único que le interesaba de él o de su aspecto era la utilidad que pudiera sacarle para limpiar la reputación de los Lassiter, nada más.

Pero cuando sus manos se tocaron sintió un delicioso hormigueo subiéndole por el brazo y supo que la reacción a su sonrisa no tenía nada que ver con campañas ni anuncios. Chance Lassiter no era refinado y elegante como los hombres que conocía en Los Ángeles, pero algo le decía que era más hombre de lo que ninguno de ellos podría ser jamás. Respiró hondo y se recordó que su interés era estrictamente profesional. Tal vez si se lo repetía lo suficiente acabaría por creérselo...

–Tengo algunas ideas para la campaña que me gustaría enseñarte –dijo, agarrando su tablet del asiento trasero.

–Primero comamos y hablemos –replicó él, llevándola hacia el restaurante.

–Tienes razón... Es que estoy muy entusiasmada con este proyecto.

La risa de Chance le desató una ola de calor por todo el cuerpo.

–Ya lo veo –entraron y se dirigieron hacia una mesa al fondo del local–. ¿Te parece bien aquí? Estaremos más tranquilos y podremos hablar sin que nos molesten.

–Perfecto –se acomodó en el asiento de vinilo rojo y miró con interés a su alrededor. El restaurante era viejo y un poco anticuado, pero estaba muy limpio y cuidado–. ¿Cuál es la especialidad de la casa?

–Tienen la mejor hamburguesa del mundo –respondió él, dejando el sombrero en el asiento–. Pero supongo que preferirás tomar la ensalada del chef, como la mayoría de las mujeres.

Su sonrisa y su profunda voz masculina le provocaban estragos en sus partes más íntimas. No se había equivocado al suponer que iba a pedir ensalada. Y por algún motivo inexplicable a Fee no le gustó que la comparase con las demás mujeres.

–¿Qué te hace pensar que voy a pedir una ensalada?

–Bueno, pensé que…

–Soy capaz de pensar por mí misma –lo cortó ella con una sonrisa–. Y sí, me gustan las ensaladas, pero no siempre… Seguiré tu consejo y tomaré la hamburguesa.

Él arqueó una ceja.

–¿Estás segura? –le preguntó con una amplia

sonrisa–. No quiero que pienses que intento influir en tu decisión.

–Sí, estoy segura –se encogió de hombros–. A menos que estés exagerando con las hamburguesas.

Él soltó una carcajada.

–Eres un caso, Felicity Sinclair… Serías capaz de comerte algo que no te gusta antes que admitir que tengo razón. Dime, ¿comes carne?

–De vez en cuando.

La camarera se acercó y Chance pidió por los dos.

–Te garantizo que será la mejor hamburguesa que hayas probado jamás –le dijo cuando la chica volvió a marcharse.

–¿Por qué estás tan seguro? –le preguntó Fee con curiosidad.

–La carne procede del Big Blue. Es la mejor de Wyoming y son varios los restaurantes de Cheyenne que la sirven. Cuando mi primo Dylan decidió abrir un Lassiter Grill aquí, acordamos que solo se serviría nuestra carne en todos sus restaurantes.

–¿En serio? ¿Tan buena es?

Chance asintió.

–Nuestro ganado se cría en libertad, sin hormonas ni nada por el estilo. Solo se alimentan de hierba.

Fee no sabía mucho sobre la industria cárnica, salvo que el ganado criado en libertad era más saludable para el consumidor. Pero sí que sabía algo sobre Dylan Lassiter y su cadena de restaurantes...

Dylan era un chef de primera que había heredado la empresa Lassiter Grill Group tras la muerte de J.D. Sus restaurantes eran famosos por servir carne de la mejor calidad, lo que los hacía merecedores de las calificaciones más altas en las revistas de gastronomía. Si Dylan estaba dispuesto a servir exclusivamente carne del Big Blue, tenía que ser por fuerza la mejor. Y aquello le dio una idea a Fee.

–Es perfecto... Podemos usar el ganado para publicitar la cadena de restaurantes y también en los anuncios de la familia Lassiter.

–Sí, a propósito de eso... –Chance se pasó una mano por sus cortos cabellos castaños–. No creo ser la persona apropiada para tu campaña de promoción.

A Fee se le detuvo el corazón.

–¿Por qué dices eso?

Él sacudió la cabeza.

–No soy el típico hombre de negocios. Soy un ranchero que siempre está cubierto de polvo o limpiándose las botas de lo que a mucha gente le parecería repugnante.

–Por eso eres perfecto para esta campaña –insistió ella.

–¿Por oler a… abono? –preguntó él en tono escéptico.

Fee se rio y negó con la cabeza.

–No, claro que no –no podía permitir que se echara atrás. Tenía que hacerle ver lo importante que era representar a su familia y que solo él podía hacerlo–. No todo el mundo se identifica con un hombre en traje y corbata, pero tú tienes esa aura mística del oeste que a cualquiera le resultaría sugerente. Eres alguien que conectaría sin problemas con el público, y por eso la gente escuchará el mensaje que intentamos dar.

–Puede que tengas razón, pero no me seduce mucho la idea de exhibirme como un mono de feria.

–No sería así –replicó ella–. Lo único que tendrás que hacer es posar para las fotos y grabar los videos que se emitan en televisión e Internet –no dijo nada de las apariciones en público que tendría que hacer de vez en cuando o de las vallas publicitarias que ya había reservado. Eso eran palabras mayores y convenía esperar a tener un compromiso por escrito.

Chance se recostó en el asiento y se cruzó de brazos, y Fee intuyó que estaba a punto de negarse en redondo.

–¿Qué puedo hacer para que lo reconsideres? –le preguntó a la desesperada–. Tiene que haber algo que podamos hacer. Eres el único hombre que quiero para esto.

Un brillo malicioso destelló en sus ojos verdes.

–El único hombre que quieres, ¿eh?

Fee sintió que le ardían las mejillas. Normalmente era muy clara y rara vez decía algo que pudiera malinterpretarse.

–Sa-sabes a lo que me refiero.

Él la miró fijamente unos segundos y esbozó una lenta sonrisa.

–Ven conmigo a casa.

–¿Co-cómo?

–Quiero que te quedes en el Big Blue un par de semanas –lo dijo como si estuviera lanzando un desafío–. Tienes que ver cómo es la vida en un rancho y las cosas que tengo que hacer a diario. Veremos si después te sigue pareciendo glamurosa la vida de un vaquero y lo convincente que puedo ser como portavoz…

–Yo no he dicho que fuera glamurosa –protestó ella.

–Dijiste «la aura mística del oeste» –corrigió él, sonriendo–. Es lo mismo.

–¿Es el único modo de que aceptes protagonizar mi campaña? –preguntó Fee, pensando que no sería tan duro quedarse en el inmenso rancho donde se había celebrado la boda.

El hogar de los Lassiter era precioso y muy moderno, aunque con una decoración un poco rústica. Si lo único que hacía falta para convencer a Chance era quedarse unos días en el rancho, lo haría encantada. Del éxito de aquel proyecto dependía su ascenso, y no estaba dispuesta a perder la oportunidad.

–Buen intento, cielo –dijo él, riendo–. Yo no he dicho que vaya a hacer nada si vienes al rancho. Solo he dicho que hablaríamos.

A Fee no le quedaban muchas opciones. O accedía ir a su rancho y convencerlo para que representara a los Lassiter o empezaba a buscarse a otro para su campaña.

–De acuerdo, vaquero. Me quedaré contigo en el Big Blue. Pero con una condición: tienes que prometerme que mantendrás una actitud abierta y me darás la posibilidad de intentar convencerte.

–Solo si tú respetas mi decisión y te olvidas del asunto si decido no hacerlo –respondió él, extendiendo la mano para sellar el acuerdo.

–Trato hecho –aceptó Fee, extendiendo también ella la mano.

Pero en cuanto sus palmas entraron en contacto, sintió un estremecimiento subiéndole por la espalda y se preguntó dónde demonios se estaba metiendo.

Chance Lassiter no era solo la mejor elección para redimir a su familia de cara a la opinión pública; era también el único hombre en mucho tiempo que le recordaba a Fee las sorprendentes diferencias entre ambos sexos.

¿Por qué aquel pensamiento le provocaba un subidón de adrenalina? No tenía ni idea.

No quería perder la cabeza por él ni por ningún otro hombre. Tenía un trabajo que hacer y una carrera que impulsar. Mientras mantuviera la perspectiva y se concentrara en la campaña de relaciones públicas, todo iría bien.

A la mañana siguiente Fee acababa de preparar el almuerzo cuando llamaron a la puerta.

—Llegas justo a tiempo —dijo al abrirle la puerta a Colleen Faulkner—. Acabo de sacar los bizcochos del horno.

—Me alegra que me hayas invitado a venir —respondió Colleen con una sonrisa—. Sage está fuera de la ciudad y yo necesito tomarme un respiro de los planes de boda.

—¿Habéis fijado ya una fecha? —le preguntó mientras la conducía a la cocina.

—No —respondió Colleen, sentándose junto a

la mesa–. Sage confía en que si esperamos un poco más las cosas puedan arreglarse con Angelica.

Fee sirvió una taza de café para cada una y se sentó frente a Colleen.

–Cuando la vi la otra noche en la boda me pareció que seguía extremadamente frustrada. ¿Ha renunciado a su propósito de impugnar el testamento de su padre?

No quería parecer curiosa, pero no era ningún secreto que Angelica Lassiter seguía enfrentada al resto de la familia. La joven quería impugnar el testamento y recuperar el control de Lassiter Media, mientras los demás se oponían a ir contra la última voluntad de J.D. o poner en tela de juicio las cláusulas del testamento.

–No creo que tenga intención de olvidarlo –admitió Colleen–. Angelica sigue cuestionándose los motivos de su padre y la influencia que pudo tener Evan McCain en la decisión de arrebatarle el control de Lassiter Media –miró fijamente a Fee–. Pero J.D. tenía sus razones para hacer lo que hizo, y puedes estar segura de que sabía muy bien lo que hacía.

Fee la creyó. Estaba convencida de que Colleen conocía las razones que había tenido J.D. para dividir su herencia de una manera aparentemente tan injusta, dejándole a Angelica una parte simbólica de Lassiter Media. Colleen había sido la enfermera privada de J.D., y entre ellos se había creado una estrecha amistad. Sin duda había confiado en ella, pero Colleen no le había contado a nadie lo que sabía.

–Espero desviar la atención pública de todo este asunto –dijo mientras servía el beicon–. Los Lassiter siempre han dado una imagen de familia unida y feliz, pero la situación actual está dando mucho que hablar –no quiso mencionar que Sage se había distanciado de J.D. antes de que este muriera, sin darle tiempo a resolver sus diferencias. No era asunto suyo ni tenía nada que ver con su campaña.

–La prensa amarilla se está frotando las manos con todo esto –corroboró Colleen. Las dos guardaron un largo silencio antes de que ella volviese a hablar–. Soy muy celosa de mi intimidad y no me entusiasma la idea, pero podrías valerte de nuestro planes de boda para desviar la atención de lo que sea que esté tramando Angelica.

La oferta pilló a Fee por sorpresa.

–Gracias, Colleen. Pero sé las molestias que supondría para ti y para Sage en un momento tan especial de vuestras vidas.

–Lo aceptaría si sirviera para ayudar a los Lassiter –le aseguró Colleen–. Quiero mucho a esta familia. Son buenas personas y me han acogido con los brazos abiertos. Quiero ayudarlos en todo lo que pueda.

Fee asintió, sonriendo.

–Lo entiendo, pero creo, o al menos espero, haber encontrado el enfoque ideal para mi campaña y así no tener que usar tu boda.

–¿En serio? –preguntó Colleen, visiblemente aliviada–. ¿Y puedo saber qué tienes pensado?

Fee le explicó sus ideas para la campaña de promoción y el papel que tendría Chance en la misma.

–Pero a Chance no le hace gracia ponerse delante de una cámara –concluyó con un suspiro–. De hecho, me ha invitado a pasar dos semanas en el Big Blue para demostrarme que no es la persona apropiada.

–Y supongo que tú vas a emplear ese tiempo para convencerlo de lo contrario…

–Así es –afirmó Fee, riendo–. Chance no se imagina lo persistente que puedo llegar a ser cuando sé que tengo razón.

–Te deseo buena suerte, porque Sage me ha contado lo cabezota que era Chance cuando eran críos.

Fee sonrió.

–Pues parece que ha encontrado a su rival, porque una vez que tomo una decisión no me rindo ante nada.

–Las dos próximas semanas en el Big Blue prometen ser muy interesantes –comentó Cassie, riendo.

–No solo espero convencerlo, sino también empezar cuanto antes con las fotos –le confesó Fee a su nueva amiga–. Los primeros anuncios han de estar listos a final de mes.

–Parece que lo tienes todo bajo control –Colleen tomó un sorbo de café–. Cruzaré los dedos para que puedas convencer a Chance.

–Gracias –murmuró Fee, dándole un bocado a su bizcocho.

No se lo dijo a Cassie, pero tenía que conseguir la colaboración de Chance costase lo que costase. Toda la campaña dependía de él y de su imagen vaquera. La familia Lassiter se había dedicado a la cría de ganado en Wyoming durante varios años antes de que Lassiter Media se convirtiera en el gigante de las comunicaciones que era en la actualidad.

Además del atractivo personal de Chance, había que sacarle el máximo partido a las raíces vaqueras de la familia. No iba a dejar que una nimiedad como la reticencia de Chance a ponerse delante de la cámara la apartara de su objetivo.

***

El lunes por la tarde, cuando Chance aparcó frente a la casa que Lassiter Media tenía alquilada para sus ejecutivos, sintió remordimientos por el acuerdo al que había llegado con Fee. Le había prometido que pensaría en su propuesta y eso iba a hacer.

No era que se negara a ayudar a la familia, pero no entendía por qué tenía que representarla él en vez de uno de sus primos o su madre. Ella había sido la matriarca de la familia desde que murió la tía Ellie, y todos sabían más de la empresa que él. Él era un ranchero, siempre lo había sido y quería seguir siéndolo. Además, nunca había tenido la necesidad de destacar. Se sentía cómodo siendo como era, y no le importaba lo que pudieran pensar de él.

Lo único que quería era conocer mejor a Fee, y por esa razón la había invitado a quedarse en el rancho. Podrían pasarlo bien juntos, y al mismo tiempo le haría ver que no era el hombre que necesitaba para su campaña. Sabía que ella no se rendiría tan fácilmente y que seguiría insistiendo en que era la persona más adecuada, pero sus esfuerzos para convencerlo no iban a servir de nada.

Se bajó de la camioneta y fue hacia la puerta. Fee le abrió justo cuando se disponía a llamar al timbre.

–¿Estás lista? –le preguntó mientras la recorría con la mirada de arriba abajo. Le pareció aún más atractiva que cuando comieron juntos dos días antes.

Iba vestida con unos pantalones caqui y una blusa verde, y se había soltado el pelo. Más que para ir a un rancho parecía lista para ir de compras.

–Creo que sí –respondió, tirando de una maleta rosa.

Chance arqueó las cejas al verla. Era tan grande que dentro podía caber una persona, y parecía estar llena hasta los topes.

–¿Crees que tendrás ropa suficiente para un par de semanas? –le preguntó, riendo.

–No sabía lo que iba a necesitar. Aparte de la boda del otro día, nunca he estado en un rancho.

–Hay lavadora y secadora –le aseguró él jocosamente.

–Ya me lo imaginaba –repuso ella, poniendo los ojos en blanco–. Por eso he venido ligera de equipaje.

Chance agarró la maleta y frunció el ceño. Pesaba como una bala de heno. Si aquella era su idea de ir «ligera de equipaje», no quería imaginarse cuántas maletas había llevado a Cheyenne.

Le puso la otra mano en la espalda para guiarla hacia la camioneta y se fijó en que llevaba un par de sandalias.

–Apuesto a que no llevas un par de botas en la maleta –dijo mientras metía el equipaje en la camioneta.

–Pues no. No pensaba que fuera a necesitarlas… ¿Para qué tendría que ponérmelas?

Él se echó a reír.

–Para hacer un par de cosas, como caminar y montar.

–¿Voy… voy a montar? ¿Un caballo?

–Sí. A no ser que prefieres intentarlo con un cabestro.

–Claro que no.

–¿Nunca has montado a caballo?

–Lo más cerca que he estado de un caballo ha sido en un desfile.

–Tranquila. Es muy fácil. Yo te enseñaré –le ofreció lo que esperaba que fuese una sonrisa alentadora mientras le rodeaba la cintura con las manos.

–¿Qué-qué haces? –balbució ella, poniéndole las manos en el pecho.

Chance sintió su calor a través de la ropa y se preguntó cómo sería tener aquellas manos en su pecho desnudo.

–Eres muy bajita y la camioneta es bastante

alta –dijo con la voz más serena que pudo–. Pensaba ayudarte a subir.

–Te aseguro que puedo subir a una camioneta.

–Seguro que sí… Pero ¿me permites que intente ser un caballero?

Mirándola, tuvo que hacer un esfuerzo sobrehumano para no besarla hasta que alguien los denunciara por escándalo público. Y el corazón le dio un vuelco al ver que ella lo miraba como si esperarse que hiciera precisamente eso.

No supo cuánto tiempo permanecieron así, mirándose el uno al otro, pero cuando finalmente la ayudó a subir, cerró rápidamente la puerta y rodeó la camioneta para sentarse al volante. ¿Qué demonios le pasaba?, se preguntó mientras arrancaba el motor y ponía el vehículo en marcha. Nunca había perdido la cabeza por nadie. ¿Qué tenía Fee de especial? ¿Por qué lo hacía sentirse y comportarse como un joven en su primera cita?

–Sigo sin entender por qué has insistido en llevarme –dijo ella con una voz deliciosamente jadeante, como si le faltara el aliento–. Podría haber ido en coche hasta el rancho.

–Podrías haberlo intentado –replicó él, intentando no fijarse en sus perfectos labios coralinos–. Pero tu deportivo es tan bajo que se habría hundido al cruzar el arroyo. Por eso he sugerido dejarte aquí. Si tienes que ir a algún sitio, estaré encantado de llevarte.

–Cuando vinimos de camino al rancho para la boda no recuerdo que pasara nada de eso –hablaba como si no lo creyera–. Los caminos estaban asfaltados y ni siquiera recuerdo haber cruzado un puente.

–No hay ninguno. Durante la mayor parte del año el arroyo apenas lleva agua, pero el mes de julio es extremadamente húmedo en Wyoming. Llueve casi todos los días y el arroyo crece tanto que un coche quedaría atrapado en una crecida.

–¿Por qué no construyes un puente? Sería mejor que arriesgarse a que te pille una riada.

Él asintió.

–Lo acabaré haciendo, descuida. Haré que asfalten el camino hasta mi casa y que construyan un puente. Pero hace solo unos meses que heredé el rancho y me he ocupado de otras cosas más acuciantes, como embalar el heno, arreglar los vallados y mover el ganado de un pasto a otro.

–Espera un momento… ¿Has dicho tu casa? –frunció el ceño–. ¿Es que no vives en el rancho?

–Siempre he vivido en el rancho, pero no en la casa principal.

–¿Hay otra casa en el rancho? –preguntó ella, titubeante.

–En realidad hay varias. Está la casa principal y la residencia de los Lassiter, donde yo vivo. También está la casa del capataz y un par de casas más pequeñas para los trabajadores casados.

–Las únicas construcciones que vi cerca de la casa principal eran dos graneros, una casa de invitados y un establo.

–Desde la casa principal no se pueden ver. Se encuentran a varios kilómetros de distancia.

–Entonces, ¿no me quedaré con Marlene?

–No. Nos alojaremos en la sede del rancho –respondió Chance, preguntándose si Fee tendría miedo de estar a solas con él. No había ningún motivo para estar asustada. Él deseaba conocerla íntimamente, pero jamás intentaría nada con una mujer si ella no lo deseaba.

Fee frunció el ceño y se mordió el labio con expresión pensativa.

–Creía que la casa principal era donde estaba la sede.

Chance ahogó un gemido. Nada le gustaría más que morder él mismo aquellos labios carnosos.

Por suerte no tuvo tiempo para más fantasías, porque llegaron a la parada que había decidido hacer cuando descubrió que Fe no tenía un buen par de botas.

Metió la camioneta en el aparcamiento del Wild Horse Western, a las afueras de Cheyenne, y se giró hacia ella.

—Mi tío construyó la casa cuando él y mi difunta tía adoptaron a Sage y a Dylan. Ahí es donde tenemos las reuniones familiares, donde recibimos a los invitados y donde celebramos las recepciones de la empresa. La sede siempre ha estado en la casa que mis abuelos construyeron cuando vinieron a Wyoming. Hace siete años la reformé y desde entonces he vivido ahí.

—¿Por qué no está la sede del rancho en la casa? ¿No tendría más sentido?

Él se rio y negó con la cabeza.

—En la sede es donde clasificamos al ganado para llevarlo al mercado, ponerlo en cuarentena o tratar a los animales enfermos. Un rebaño hace mucho ruido y levanta una gran polvareda cuando el tiempo es seco. Imagínate qué espectáculo si tuvieras que dar una fiesta o celebrar una reunión de negocios.

—Supongo… —murmuró ella.

—Aclarado ese punto, vamos a buscarte un par de botas —salió de la camioneta y rodeó el vehículo para ayudarla a bajar—. ¿Cuántos vaqueros metiste en la maleta?

–Dos, ¿por qué?

–Seguro que llevan el hombre de algún diseñador famoso en el bolsillo trasero y que cuestan una fortuna –respondió él mientras entraban en la tienda.

–Pues sí, la verdad es que los compré en una boutique de Rodeo Drive. ¿Supone eso un problema?

–Depende. Si no te importa que se manchen o se agujereen, pueden servir perfectamente. Pero no creo que quieras echarlos a perder si son tan caros. Además, no creo que sean acampanados, ¿verdad?

–No. Son vaqueros ceñidos.

Chance tragó saliva al imaginársela con aquellos pantalones.

–Vamos a elegir unos cuantos pares de vaqueros y un sombrero.

–Yo no uso sombrero –dijo ella, agitando su melena rubia al negar con la cabeza.

Chance le acarició impulsivamente la mejilla.

–No me gustaría que el sol dañara tu bonita piel. Un sombrero te protegerá del sol y del viento.

Ella se lamió los labios mientras lo miraba y Chance tuvo que reprimirse para no estrecharla entre sus brazos y comprobar si su boca era tan apetitosa como parecía. Pensó que tendría tiempo de sobra para averiguarlo en las dos próximas semanas y se obligó a moverse. De repente sentía la imperiosa necesidad de llegar al rancho.

–Vamos a buscarte unos vaqueros y unas botas apropiadas y luego nos ocuparemos del sombrero.

Capítulo Tres

Mientras se alejaban de la tienda, Fee se miró sus nuevos vaqueros, botas y camiseta rosa con el estampado «I love Wyoming» y se preguntó cuándo había perdido el control de la situación. Al entrar en la tienda solo había tenido intención de comprarse un par de botas y tal vez unos vaqueros.

Tenía que admitir que Chance estaba en lo cierto sobre las botas. Sus sandalias no eran el tipo de calzado más adecuado para moverse entre el ganado. Y lo mismo se podía decir de los vaqueros. Había pagado mucho por sus pantalones en una de las tiendas más exclusivas de Rodeo Drive y no quería echarlos a perder.

Pero cuando Chance le sugirió que se pusiera las botas enseguida para empezar a acostumbrarse, todo se le fue de las manos. Tuvo que ponerse los vaqueros nuevos, ya que sus pantalones caqui no se ajustaban a las botas, y la blusa de seda desentonaba tanto con el resultado que decidió comprarse la camiseta. También cedió respecto al sombrero, pues la advertencia de Chance tenía sentido.

Lo miró y pensó que nunca había sido tan emocionante ir de compras con nadie. Cuando salió del probador con los vaqueros y la camiseta, el destello que ardía en los verdes ojos de Chance le provocó un estremecimiento de placer que dejó a la altura del betún los halagos que le había dispensando la dependienta, que solo pensaba en la comisión.

Suspiró profundamente. Iban de camino al Big Blue y no podía evitar una cierta inquietud. Por un lado estaba excitada ante la perspectiva de alojarse en un rancho. Era algo que nunca había hecho y, aunque estuviera adentrándose en lo desconocido, creía estar preparada para el gran reto. Pero si la última hora y media le había hecho ver lo lejos que estaba de su ambiente, no podía imaginarse lo que le depararían las dos próximas semanas.

Tan sumida estaba en sus dudas y preocupaciones que el trayecto se le pasó volando y se sorprendió al encontrarse en la pista que conducía a la casa del rancho. Había hecho más de cincuenta kilómetros sin darse cuenta.

Pero al ver que desaparecía la carretera por el espejo retrovisor, sintió que se le encogía el estómago. Era como si estuvieran dejando atrás la civilización y adentrándose en la naturaleza indómita y salvaje.

Ella era una chica de ciudad que lo más cerca que había estado de un depredador había sido en el zoo, pero en Wyoming no había barrotes de hierro ni gruesos cristales para protegerla de las criaturas feroces que acechaban detrás de cada árbol o arbusto, esperando para saltar sobre ella y devorarla.

−¿Son un problema los depredadores? −preguntó cuando la carretera asfaltada dejó paso a una estrecha pista de tierra.

Chance se encogió de hombros.

−De vez en cuando baja algún puma o lince de las montañas, pero normalmente solo se ven ciervos y antílopes.

−¿Hay osos y lobos en Wyoming? −recordó algo que había leído la noche anterior mientras buscaba información en Internet sobre los ranchos de Wyoming.

−Sí, pero son como los grandes felinos. Normalmente se quedan en las montañas, donde está su alimento. ¿Por qué lo preguntas?

−Solo curiosidad −se giró para mirar por la ventanilla. No le gustaba tener miedo. El miedo le arrebataba el control y la hacía sentirse inepta y vulnerable. Pero así era exactamente como se sentía en aquellos momentos. Se tranquilizó pensando que mientras la fauna salvaje permaneciera en su hábitat natural todo iría bien.

Al mirar el vasto paisaje distinguió cientos de puntos negros a lo lejos. Al acercarse descubrió que eran cabezas de ganado.

–¿Todo ese ganado es tuyo?

–Sí, es una parte del total.

–¿Qué extensión tiene el rancho? –le preguntó con curiosidad, pues llevaban varios kilómetros adentrándose en la finca.

–Treinta mil acres. Mis abuelos se instalaron aquí al casarse. Cuando el tío J.D. lo heredó, siguió comprando tierras hasta alcanzar el tamaño actual –se rio–. Y, lo creas o no, el año que viene voy a arrendar diez o veinte mil acres más de la Oficina de Gestión de Tierras.

–¿No es lo bastante grande para ti?

–Ni mucho menos. El Big Blue cuenta con cerca de seis mil cabezas de ganado, y como nuestros animales se alimentan exclusivamente de hierba durante todo el año tenemos que controlar los pastos y almacenar el suficiente forraje durante el verano para los meses de invierno. Eso nos obliga a mover los rebaños con frecuencia para evitar el sobrepastoreo. Si tuviéramos más tierras ampliaríamos los pastizales y también el número de cabezas.

A Fee la impresionó el conocimiento que demostraba tener sobre las necesidades del ganado. Tomó nota de la información, pues podría serle de gran utilidad si tuviera que promocionar la cadena de restaurantes en el futuro.

Chance detuvo la camioneta en lo alto de una cresta y Fee se quedó impresionada con la vista del valle que se extendía a sus pies. Parecía sacado de una película del oeste.

–¿Es ahí donde vives?

Chance asintió y sonrió con orgullo.

–Es la casa de los Lassiter, aunque no siempre fue tan grande. Antes de instalarme en ella le añadí varias habitaciones y el porche que la rodea.

–Es precioso… –señaló dos pequeñas casas al otro lado del valle–. ¿Son esas las casas para los trabajadores de las que me hablaste?

–En una viven Slim y Lena Garrison, y en la otra Hal y June Wilson. Slim es el capataz del rancho y Hal, el vaquero jefe –señaló una cabaña de gran tamaño no lejos de los tres graneros que había detrás de la casa–. Ese es el barracón donde se alojan los demás.

–Este sería el lugar perfecto para filmar los vídeos que tengo pensados –dijo, pensando en voz alta. Chance no hizo ningún comentario y volvió a arrancar la camioneta para descender al valle–. Sabes que no voy a tirar la toalla hasta que aceptes mi propuesta, ¿verdad? –dijo mirando a Chance.

–En ningún momento he pensado que vayas a hacerlo –repuso él mientras aparcaba delante de la casa. Se bajó y le abrió la puerta–. Has venido para intentar convencerme, y yo voy a demostrarte que no soy la persona que necesitas.

Fee no tuvo tiempo para decir nada, porque él la levantó en sus fuertes brazos y la dejó en el suelo. Ella apoyó las manos en sus poderosos bíceps para mantener el equilibrio, y la fuerza y virilidad que sintió a través de la camisa le desbocó el corazón y otras partes más íntimas del cuerpo...

–¿Por qué sigues haciendo esto?

–¿El qué?

–Levantándome para subir y bajar de la camioneta –le dijo, aunque la verdad era que disfrutaba enormemente con el tacto de su cuerpo–. Soy capaz de hacerlo yo sola.

–Por dos razones, cielo –se inclinó para susurrarle en voz baja–. Una, intento ser de ayuda. Y dos, me gusta tocarte.

Fee ahogó un gemido y se quedó sin aire al mirarlo a los ojos. Iba a besarla. Y, que el Cielo la ayudara, ella iba a permitírselo...

Pero en vez de agachar la cabeza y capturarle los labios con los suyos, Chance respiró hondo y se apartó para sacar el equipaje del asiento trasero. Fee tuvo que hacer un gran esfuerzo para ocultar su decepción.

–¿Para qué son esos rediles? –preguntó, señalando los recintos cercados.

–Los más grandes son para separar los rebaños durante el rodeo –explicó él mientras cerraba la puerta–. Los más pequeños son para los animales enfermos o heridos a los que haya que atender o poner en cuarentena. El de forma circular es para domar caballos y prepararlos para trabajar con el ganado.

–¿Todo eso a la vez?

–La vida en un rancho puede ser muy ajetreada –dijo él, riendo mientras abría la puerta principal.

Nada más entrar y mirar a su alrededor Fee se enamoró de la casa. Las paredes de troncos habían adquirido con el paso del tiempo un precioso color miel y estaban decoradas con piezas de arte indio y objetos relacionados con la vida vaquera, como un par de espuelas que colgaban junto a un hierro de marcar. La casa principal del rancho, donde se había celebrado la boda, era muy bonita pero más moderna. El hogar de Chance, en cambio, tenía aquel aire cálido y rústico que solo podía adquirirse con el paso del tiempo.

–Es preciosa –observó, levantando la vista hacia la araña hecha de astas de ciervo–. ¿La decoraste tú?

–¿Te parezco el tipo que entiende de adornos? –preguntó él, riendo–. Cuando terminé las reformas dejé la decoración en manos de mi madre. Tiene un don para esas cosas.

–Pues hizo un trabajo increíble –comentó Fee–. Debería haber sido decoradora de interiores.

–Tenía demasiado trabajo ocupándose de un montón de críos –antes de que ella pudiera pregunta a qué se refería, apuntó con la cabeza hacia la escalera–. ¿Te gustaría ver tu habitación?

–Por supuesto –respondió en un tono exageradamente ansioso, considerando el momento que acababan de vivir junto a la camioneta. Para disimular su embarazo añadió–: Estoy impaciente por ver lo que hizo tu madre con las habitaciones.

Al llegar al piso superior, Chance la llevó hacia una habitación situada en el extremo del pasillo.

–Si no te gusta, hay cuatro habitaciones más para elegir –le dijo mientras abría la puerta.

–Me encanta –dijo ella nada más entrar.

Las paredes eran del mismo color que las de la planta baja, pero la habitación tenía un toque más femenino gracias a las cortinas de calicó amarillas y la colcha de retazos. Un espejo antiguo colgaba de la pared sobre una cómoda de cedro con una jarra de cristal y una jofaina. Pero lo que más le gustó a Fee fue el alféizar almohadillado bajo las ventanas dobles. Se imaginó acurrucada en aquel banco una tarde lluviosa con un buen libro y una taza de té.

–Tu baño privado está ahí –dijo Chance, indicándole una puerta cerrada mientras dejaba el equipaje en el suelo de madera.

–Gracias, Chance –siguió mirando a su alrededor–. Es perfecta.

–Estaré en la cocina por si necesitas algo. Cuando hayas deshecho el equipaje, baja y veremos qué hay para cenar –se acercó y le acarició la mejilla con los nudillos–. Y, para que lo sepas, muy pronto voy a hacer lo que ambos estamos deseando.

–¿El-el qué? –balbució ella, sintiendo una ola de calor por todo el cuerpo.

El corazón le dio un vuelco cuando él la miró fijamente y sin pestañear. Y cuando le acarició el labio inferior con la yema del pulgar, un estremecimiento le recorrió la espalda y se le puso la piel de gallina.

–Voy a besarte, Fee –le dijo él en voz baja y sensual–. Y antes de lo que esperas.

Sin añadir nada más, se giró y salió al pasillo, cerrando la puerta tras él.

Fee se quedó mirando la puerta. Por mucho que odiara admitirlo, Chance tenía razón sobre lo que ambos deseaban. Había creído que iba a besarla cuando fue a recogerla por la tarde, y también cuando llegaron al rancho. Pero en ninguna de las dos ocasiones lo había hecho, y ella se había quedado profundamente decepcionada.

Las rodillas le temblaban y fue a sentarse en la cama. ¿Dónde diablos se había metido? Su prioridad era su trabajo y su ascenso. No necesitaba la distracción de un hombre, por breve que fuera.

Pero mientras estaba allí sentada, preguntándose por qué Chance Lassiter la atraía más que ningún otro hombre, supo con toda claridad que iba a ser extremadamente difícil resistirse a la química que ardía entre ellos. Cuando se encontraba a menos de tres metros de él sentía que el aire se cargaba de electricidad, y cuando la tocaba solo podía pensar en lo que sentiría al besarlo.

Tenía que mantener la cabeza fría y concentrarse en su objetivo: convertirse en la vicepresidenta del Departamento de Relaciones Públicas de Lassiter Media con menos de treinta años. No iba a comprometer su carrera por nada ni por nadie, y menos por una aventura de verano... por muy atractivo y sexy que fuese su anfitrión, con una sonrisa letal y una voz que podría derretir los casquetes polares.

–¿Has instalado a la joven? –preguntó Gus Swenson cuando Chance entró en la cocina.

El viejo Gus era demasiado mayor para seguir trabajando en el rancho pero demasiado arisco para ir a ningún otro sitio, por eso se encargaba de cocinar y mantener la casa en orden. Si por Chance fuera, lo habría invitado a quedarse en la casa sin hacer nada. Al fin y al cabo Gus había sido el mejor amigo de su padre y se le consideraba prácticamente de la familia. Pero para no ofenderlo había disfrazado la invitación proponiéndole que se hiciera cargo de las tareas domésticas. Gus se había quejado de que lo rebajaran a un «trabajo propio de mujeres», pero Chance sabía que en el fondo agradecía poder pasar el resto de su vida en el rancho donde había trabajado durante cincuenta años.

–Sí, está en la habitación frente a la mía –respondió mientras colgaba el sombrero en una percha junto a la puerta trasera.

Sacó una cerveza del frigorífico y vació media botella de un trago. Necesitaba algo que aliviara la tensión irrefrenable que crecía en su interior.

Pensándolo bien, tal vez no hubiera sido buena idea instalar a Fee en aquel dormitorio. Le bastaba con tocarle la mejilla para sentirse como un alce en celo. ¿Cómo iba a conciliar el sueño sabiendo que estaba acostada a escasos metros de él, con un camisón suave y transparente y su pelo rubio esparcido por la almohada?

—¿Sigues empeñado en rechazar su oferta de convertirte en estrella de cine? —la pregunta de Gus lo sacó de pronto de sus turbadores pensamientos.

—Te dije que quiere que protagonice su campaña de relaciones públicas, no que vaya a actuar en una película.

—Vas a ponerte delante de una cámara, ¿no? —no le dio a tiempo a responder—. Te apuesto un mes de paga a que acabas haciéndolo.

Chance se echó a reír, apuró la cerveza y tiró la botella a la basura.

—Te aseguro que no.

—Ya lo veremos… Nunca habías invitado a una mujer a quedarse en el rancho, y eso demuestra que ya te ha echado el lazo. Antes de que te des cuenta te habrás arrojado a sus pies para hacer todo lo que quiera.

Chance decidió cambiar de tema. Había algo

de cierto en las palabras de Gus, y no se sentía nada cómodo admitiéndolo.

—¿Ha comprobado Slim hoy el pasto norte? —no necesitaba preguntarle si había visto al capataz. El viejo iba al granero todas las tardes cuando los hombres volvían al rancho al final de la jornada. Le gustaba hablar con ellos y sentir que aún era un vaquero en activo.

Gus negó con la cabeza.

—Ha dicho que hoy era imposible. Ha tenido que mandar a dos de los chicos al pasto oeste para arreglar la cerca que destrozó la tormenta, y el resto está moviendo el rebaño junto al arroyo para poder empezar a segar la semana que viene.

—Me ocuparé de ello mañana —dijo Chance. Tenía intención de enseñarle el rancho a Fee y podía incluir el pasto norte en la visita.

—Qué bien huele —comentó Fee al entrar en la cocina.

—Gracias, señorita —respondió Gus, sacando una bandeja de galletas del horno—. No es nada especial, pero están muy buenas y hay de sobra.

—Fee Sinclair, te presento a Gus Swenson, el vaquero más cascarrabias de todo el estado —dijo Chance.

Gus se irguió y se giró hacia Fee, y Chance vio aparecer una extraña sonrisa en su arrugado rostro.

–Es un placer conocerla –se quedó sonriendo como un tonto antes de volverse hacia Chance con el ceño fruncido–. ¿Dónde están tus modales, muchacho? No te quedes ahí parado como un pasmarote y ofrécele asiento a esta dama mientras yo acabo de preparar la cena.

–Gracias, pero estaría más contenta si te ayudara a terminar la cena –se ofreció Fee.

–Lo tengo todo controlado –respondió Gus, sacando unos platos del aparador.

–¿Puedo poner la mesa, al menos? –insistió ella–. De verdad que quiero ayudar.

Gus la miró como un adolescente enamorado. Asintió y le tendió los platos.

–Se lo agradezco, señorita.

–Llámame Fee, por favor –le pidió ella, agarrando los platos con una sonrisa.

Se volvió hacia la mesa y Gus le levantó el pulgar a Chance.

–¿Por qué no haces algo útil, muchacho? Sírvenos algo de beber.

Chance sirvió tres vasos de té helado y los llevó a la mesa sin poder creerse el cambio de actitud de Gus. El viejo cascarrabias parecía estar colado por Fee.

Veinte minutos después, tras un opíparo banquete a base de estofado, galletas caseras y tarta de manzana, Chance se recostó en la silla.

–Te has superado a ti mismo, Gus. Creo que es una de las mejores comidas que has preparado.

–Estaba todo delicioso –corroboró Fee, y alargó el brazo para cubrir la mano del viejo con la suya–. Gracias, Gus.

El gesto hizo que las mejillas de Gus se cubrieran de rubor.

–De nada, jovencita. ¿Te apetece otro trozo de tarta?

–No, no, de verdad. Estoy llena.

Chance se levantó y llevó su plato y el de Fee al fregadero. Si había alguien allí dispuesto a hacer todo lo que Fee quisiera, era Gus.

–¿Te apetece dar un paseo después de que ayude a Gus a recoger la cocina? –le propuso. Deseaba pasar un poco de tiempo a solas con ella.

–Me encantaría –respondió ella, poniéndose en pie–. Pero antes quiero ayudar a limpiar.

–No, vosotros salid a pasear –dijo Gus, levantándose él también–. Solo hay que meter las sobras en el frigorífico y llenar el lavavajillas.

–¿Está seguro, señor Swenson? –le preguntó Fee, no muy convencida.

–Llámame Gus, jovencita –corrigió el viejo con una sonrisa de oreja a oreja–. Y, sí, estoy seguro.

Chance lo miró como si lo reconociera. Nunca en sus treinta y dos años de vida había visto a Gus tan amable.

–¿Te encuentras bien? –le preguntó con el ceño fruncido.

–Perfectamente –la sonrisa del viejo le dijo a Chance que no insistiera–. Y ahora marchaos a dar ese paseo. Yo me iré a la cama muy pronto. Nos veremos mañana en el desayuno.

Chance sacudió la cabeza y agarró su sombrero. Sabía muy bien lo que le pasaba a Gus. El viejo intentaba hacer de casamentero.

–No es tan tarde –le dijo Fee, confusa, al salir de la casa–. ¿De verdad se va Gus a la cama tan temprano?

–En absoluto, pero el béisbol es una de sus prioridades. Esta noche juegan los Rockies contra los Cardinals y no se perdería el partido por nada del mundo.

Caminaron en silencio hacia el establo.

–¿Puedo preguntarte algo, Chance?

–Claro. ¿Qué quieres saber? –se metió las manos en los bolsillos para reprimir el impulso de abrazarla. Fee solo llevaba un par de horas en el rancho y él no quería que se sintiera presionada.

–Esta tarde dijiste que tu madre tenía que ocuparse de un montón de críos –hizo una pausa, como si no supiera de qué manera formular su pregunta–. Creía que solo tenías una hermana...

–Así es. Pero hasta hace un par de meses creía ser hijo único.

El rostro de Fee reflejó su desconcierto.

–¿Me he perdido algo?

–Hannah es el resultado de la aventura que tuvo mi padre mientras estaba en el circuito de rodeo –aún le dolía admitirlo. Por mucho que quisiera y aceptara a su hermanastra, le costaba asimilar que su padre hubiese engañado a su madre–. Mis padres y mi tío J.D. sabían de su existencia, pero el resto de la familia no lo descubrió hasta hace dos meses.

–Entiendo –dijo Fee lentamente–. Pero si tu madre solo te tuvo a ti, ¿quiénes eran los otros niños de los que tenía que ocuparse?

–Siendo ejecutiva en Lassiter Media sabrás que la mujer de J.D. murió al poco tiempo de tener a Angelica –Fee asintió–. J.D. no podía ocuparse él solo de tres niños. Mi madre lo ayudaba todo lo posible, pero ya tenía bastante trabajo conmigo y con mi padre. Cuatro años después mi padre murió y J.D. le sugirió a mi madre que nos fuéramos a vivir al rancho con él y sus hijos. Por aquel entonces ya había abierto la oficina de Lassiter Media en Los Ángeles, y siempre estaba yendo y viniendo. Necesitaba a alguien de confianza que se quedara con los niños y mi madre era la persona adecuada. Conocía bien a los niños, los quería mucho y todos la aceptaron como una segunda madre.

—¿La casa de tus padres estaba cerca?

—Vivíamos aquí, en la finca —se sentía orgulloso de ser la tercera generación de rancheros—. Mi padre era un vaquero de los pies a la cabeza, y cuando no estaba participando en algún rodeo se dedicaba a trabajar en el rancho. Cuando J.D. construyó la casa, nos ofreció esta parte del Big Blue.

—No me extraña que la familia esté tan unida... Sage, Dylan y Angelica son más tus hermanos que tus primos.

Al entrar en el establo Chance cedió a la tentación de pasarle un brazo por los hombros. Ella lo miró de reojo, pero no protestó, y él lo tomó como una buena señal.

—Siempre estábamos juntos, salvo cuando nos íbamos a la cama. J.D. nos dio a mi madre y a mí un ala de la casa para que tuviéramos nuestra intimidad, y él y los niños se quedaron con la otra.

—Debiste de tener una infancia fantástica con otros niños con los que jugar —dijo ella en tono melancólico.

—No puedo quejarme —admitió él—. ¿Qué me dices de tu familia? ¿Tienes hermanos?

Ella negó con la cabeza.

—Soy hija única.

No dio más detalles, y Chance decidió no insistir. Era obvio que no quería hablar de ello y a él nunca le había gustado fisgonear. Si Fee quería hablarle de su familia estaría encantado de escucharla. Si no, no había ningún problema.

Caminando entre las casillas, señaló una yegua de pelaje manchado que había asomado la cabeza por encima de la puerta.

—Esta es la yegua que aprenderás a montar mañana.

Fee la miró con expresión insegura.

—Parece muy grande. ¿No tienes otra más pequeña?

—Parece que estás eligiendo una falda –dijo él, riendo–. Rosy es lo más pequeño que tenemos por aquí.

—No me siento cómoda con animales grandes. Cuando era niña, el vecino de mi abuela tenía un gran danés enorme que me tiraba al suelo cada vez que me acercaba. Era muy amistoso y no quería hacerme daño, pero siempre acababa con heridas y magulladuras –observó a la yegua con recelo–. Es mucho más grande que aquel perro.

Chance la hizo acercarse a la casilla.

—Te prometo que Rosy es la yegua más dócil que tenemos en el rancho –le acarició la frente–.

No hay mejor caballo para iniciarse, y puedes estar segura de que no te tirará al suelo.

–¿A Rosy le gusta que la acaricies?

Él asintió.

–¿Quieres probar tú? –ella negó con la cabeza, pero él le agarró la mano–. Acaríciale la frente. Así… –le enseñó cómo–. Mientras os conocéis, iré a por algo que puedas darle.

–No creo que sea buena idea, Chance –le dijo ella en tono dubitativo mientras él se alejaba–. Me parece que tiene unos dientes enormes… ¿Muerde?

Chance negó con la cabeza y volvió a la casilla con un terrón de azúcar.

–Puede que lo haga accidentalmente, pero nunca ha mordido a nadie –le puso el terrón a Fee en la palma–. Mantén la mano extendida y Rosy hará el resto.

Fee extendió la mano vacilante y la yegua atrapó el terrón con la boca.

–¡Dios mío! –exclamó con una expresión de asombro–. Su boca parece de terciopelo.

Al ver el regocijo en sus ojos y su radiante sonrisa, Chance no pudo contenerse y la tomó en sus brazos.

–¿Te acuerdas de lo que te dije esta tarde?

El brillo de sus ojos azules dejó paso al recelo que Chance había visto horas antes.

–Sí…

–Bien –agachó la cabeza y ella lo animó al rodearle el cuello con los brazos–. Pues ya que los
dos lo estamos deseando, voy a besarte…

Nunca había probado nada tan dulce y exqui-
sito. Fee tenía unos labios perfectos y carnosos
que se pegaban a los suyos como acuciándolo a
hacer algo más. Sin pensárselo dos veces, la
abrazó con fuerza e incrementó la intensidad del
beso.

En cuanto sus lenguas se tocaron, Chance sintió que una corriente de calor lo abrasaba de la
cabeza a los pies. Pero cuando ella deslizó las
manos bajo el cuello de la camisa para acariciarle la nuca, el corazón casi se le salió del pecho.
Nunca había sentido una atracción tan poderosa,
y supo sin ninguna duda que iban a hacer el
amor. Solo de pensarlo se le endureció dolorosa-
mente la entrepierna.

Interrumpió el beso antes de que las cosas se
le fueran de las manos y contempló la expresión
aturdida de Fee. Estaba tan excitada como él, y
seguramente un poco confusa por lo rápido que
había prendido la pasión entre ambos.

–Creo que lo mejor será irse a dormir –dijo él,
sin soltarla.

–Cre-creo que sí –murmuró ella, respirando con dificultad.

–Aquí nos levantamos muy temprano. Seguramente no estés acostumbrada a madrugar tanto –le advirtió él, obligándose a dar un paso atrás. La rodeó con un brazo y echaron a andar hacia las puertas del establo.

–¿De qué hora estamos hablando?

Chance sonrió.

–Antes de que amanezca.

–¿Es necesario madrugar tanto? –preguntó ella con el ceño fruncido.

–El ganado desayuna antes que nosotros –le explicó él, apretándola contra su costado–. Además, en verano tenemos que hacer todo el trabajo posible antes de que el sol empiece a calentar con fuerza, y por ello hay que madrugar mucho.

–Entiendo –repuso ella mientras subían los escalones del porche–. ¿Por qué no me despiertas después de haberle dado de comer al ganado?

–Eh, eres tú quien ha venido para ver cómo es un auténtico vaquero –le recordó él, riendo–. Y eso incluye las labores matutinas.

–No, he venido para convencerte de que seas el portavoz de tu familia en mi campaña de promoción –replicó ella–. Fue idea tuya hacerme ver lo que haces.

Subieron la escalera en silencio y Chance se

maldijo por lo cerca que estaban de sus respectivas habitaciones. Le había asignado aquel cuarto a Fee por ser el único que tenía un toque femenino, pero después de haber probado la dulzura de sus labios y comprobado lo receptiva que era a su beso, tenía que reconocer que había sido la peor decisión de su vida.

Cuando se detuvieron en la puerta, casi no pudo contener la tentación de estrecharla en sus brazos.

—Que duermas bien, Fee.

—Y tú también, Chance —le respondió ella con una sonrisa enloquecedora.

Esperó a que entrase y se retiró rápidamente a su habitación, donde fue directo a la ducha. Entre el beso que se habían dado en el establo y saber que en aquel momento Fee debía de estar desnudándose, estaba más caliente que una pistola en una tienda de empeños de los bajos fondos un sábado por la noche.

Nada le habría gustado más que abrazarla y besarla hasta dejarla sin aliento. Pero no podía hacerlo. Sabía que si la tocaba no querría soltarla. Y eso nunca le había ocurrido con nadie.

Había sentido una atracción muy fuerte por otras mujeres, naturalmente, pero nunca nada tan intenso ni rápido como lo que había sentido al besar a Fee. No había contado con ello cuando le propuso quedarse en el rancho. Ni siquiera había considerado mínimamente la posibilidad.

Se desnudó rápido y se metió en la ducha con la esperanza de que el agua fría lo ayudara a recuperar la cordura y conciliar el sueño.

Sería más probable que alguien le vendiera el Gran Cañón del Colorado...

Capítulo Cuatro

Sentada en una bala de heno, Fee intentó reprimir un bostezo mientras veía cómo Chance ensillaba a Rosy y a otro caballo llamado Dakota. No podía creerse que después de que hubiera llamado a su puerta una hora y media antes de que saliera el sol hubiese dado de comer a todos los animales y hubiera discutido con el capataz el trabajo de la jornada. Y todo antes del desayuno.

Ocultó otro bostezo con la mano y pensó que no estaría tan cansada si hubiera dormido más. Pero se había pasado la noche dando vueltas en la cama, y sabía muy bien cuál era el motivo. El beso de Chance no solo había sido más de lo que se había esperado, sino que le hacía cuestionarse seriamente su cordura.

El día anterior le había pedido varias veces que la besara, y cuando al fin lo hizo se derritió a sus pies. Gracias a Dios fue un beso muy breve y Chance lo cortó antes de que ella diera una imagen aún más indecente de la que ya había dado.

Y luego estaba la promesa que se había hecho años atrás: nunca poner su carrera en peligro por culpa de un hombre.

—Tú no eres como tu madre —se susurró a sí misma.

Su madre había sido el perfecto ejemplo de cómo esa clase de distracción podía arruinar una carrera, y Fee estaba decidida a no permitir que le ocurriera lo mismo. Rita Sinclair había renunciado a su puesto de próspera asesora financiera cuando se enamoró perdidamente de un soñador que iba persiguiendo sus aspiraciones de un lado para otro sin pensar siquiera en el sacrificio que para ella suponía. Seguramente se casó con ella porque se había quedado embarazada, o quizá porque en aquel momento era lo que deseaba. Fuera como fuera, no tardó en decidir que su mujer y su hija pequeña le estaban coartando su libertad y no dudó en abandonarlas.

Pero en vez de reorganizar su vida y retomar su carrera, la madre de Fee se conformó con desempeñar un trabajo basura tras otro que apenas le dejaban tiempo para estar con su hija. Murió cuando Fee tenía diecinueve años, todavía soñando con que su hombre volviera para llevársela con él a su próxima aventura. Nunca regresó, y Fee sospechaba que su madre había muerto de pena.

Cuando creció lo suficiente para entender lo que su madre había hecho por su padre, tomó la firme decisión de no cometer los mismos errores.

Chance no era su jefe, pero su familia era la propietaria de la empresa para la que ella trabajaba. El riesgo de que la despidieran era demasiado grande.

Intentó recordar si había oído algo sobre la política de fraternización de Lassiter Media. ¿Se podría aplicar a aquella situación? Chance no era un empleado de la empresa, ni tampoco el propietario. Pero estaba emparentado con los jefes y a ella la habían enviado a evitar un escándalo, no a provocar otro.

–No sé en qué estás pensando, pero por tu cara no puede ser nada bueno –observó Chance.

–Estaba pensando en la campaña –respondió ella, mirándose las botas–. Tendría que estar preparando los vídeos y anuncios.

No era del todo mentira. Había estado pensando en los motivos que la habían llevado a Wyoming y en lo mucho que podía perder si hacía el tonto con Chance.

Él se puso en cuclillas ante ella y le hizo levantar la cara para mirarla a los ojos.

–¿Qué te parece si nos olvidamos de la reputación de los Lassiter por hoy y nos divertimos un poco?

Al sentir el tacto de su dedo en la barbilla Fee se olvidó hasta de su propio nombre.

—¿Crees que voy a divertirme montando a caballo?

—Te aseguro que sí —le agarró de la mano y tiró de ella para ponerla en pie. Acto seguido, agarró el sombrero de Fee y se lo caló en la cabeza— ¿Preparada para empezar?

—La verdad es que no —respondió ella, preguntándose si el seguro cubriría los daños por caerse de un caballo. Observó a Rosy y sacudió la cabeza—. ¿Son imaginaciones mías o ha aumentado de tamaño de ayer a hoy?

—Son imaginaciones tuyas —dijo él, riendo. La llevó junto a la yegua y le explicó cómo meter el pie en el estribo y cómo agarrarse a la silla para impulsarse—. No te preocupes por Rosy. Está adiestrada para quedarse quieta hasta que te hayas sentado y le indiques que se mueva.

—Es lo que viene después lo que me preocupa —murmuró ella. Respiró hondo y a duras penas consiguió levantar el pie hasta el estribo. Agarró la silla como Chance le había enseñado e intentó subirse a la silla, sin éxito—. ¿De qué sirve meter el pie en el estribo si tienes la rodilla a la altura de la boca? —preguntó con cierto alivio. Si no conseguía subirse al caballo, no podría montar—. Me temo que no voy a poder montar... a no ser que me consigas un caballo más pequeño –dijo al fin.

–Solo hace falta un poco de práctica. Además, no es que la yegua sea grande, sino que tú eres mu bajita.

–¿Qué tiene de malo ser bajita?

–Nada en absoluto –respondió él, y sin previo aviso le puso una mano en la cintura y otra en el trasero. Antes de que ella pudiera reaccionar, la subió a la silla. Las mejillas le ardieron, no supo si por vergüenza o por excitación, pero al encontrarse sentada a lomos de Rosy olvidó por completo su reacción corporal y se aferró con todas sus fuerzas a la silla.

–Estoy mucho más alta de lo que creía. De verdad creo que sería mucho más fácil con un caballo más bajo.

–Intenta relajarte y sentarte cómodamente –le separó delicadamente las manos de la silla–. No te quedes rígida como un palo.

La yegua cambió el peso de una pata a otra y Fee cerró los ojos y se preparó para lo peor.

–¿No habías dicho que se quedaría quieta?

–Fee, mírame –le ordenó. Ella abrió un ojo y luego otro, y la promesa que vio en sus brillantes ojos verdes la dejó sin aliento–. ¿Confías en mí?

–Sí –no sabía por qué, ya que prácticamente acababa de conocerlo, pero confiaba en él.

–Te doy mi palabra de que no dejaré que te ocurra nada. Conmigo estás a salvo, cielo.

Fee sintió que se le detenía el corazón y que le costaba respirar. La profunda voz de Chance y su cariñoso apelativo la llenaron de calor. Incapaz de articular palabra, se limitó a asentir.

–Bien –comprobó que los estribos estuvieran ajustados a la altura correcta–. Ahora quiero que empujes ligeramente con los talones hacia abajo.

–¿Por qué? –le preguntó mientras seguía sus instrucciones.

–Si cargas tu peso en los talones te será más fácil relajarte y mantener una postura más segura. Será mucho más cómodo y natural para ti y para Rosy –sujetó las riendas de la yegua y agarró también las de su montura–. ¿Lista para dar tu primer paseo?

–¿Serviría de algo si dijera que no? –preguntó, aunque ya sabía la respuesta.

Chance sonrió y negó con la cabeza.

–No.

–Ya me lo imaginaba… –contuvo la respiración cuando la yegua empezó a caminar lentamente junto a Chance para salir del establo. Pero en vez de las sacudidas que se había temido descubrió que era un balanceo ligero y rítmico–. Creía que sería más incómodo.

–No lo es cuando te relajas y te mueves en

sincronía con el caballo en vez de ir cada uno a su ritmo –llevó a Fee y las monturas hacia el corral circular que usaban para el adiestramiento, ató su caballo a la valla y abrió la puerta para meter la yegua–. Sujeta las riendas, pero sin apretar ni tirar –le tendió las correas de cuero y caminó alrededor del perímetro junto a Rosy hasta completar el círculo–. Ahora tú sola.

Una mezcla de emoción y miedo se apoderó de ella.

–¿Qué se supone que debo hacer?

–Quédate ahí sentada y deja que Rosy haga el resto. Te prometo que todo irá bien.

La yegua empezó a moverse y giró la cabeza para mirar a Fee.

–Sí, Rosy, estoy muerta de miedo... Por favor, demuéstrame que Chance tiene razón y no hagas nada que pueda lamentar.

Sorprendentemente, la yegua resopló y movió la cabeza como si entendiera lo que Fee le había pedido. Siguió paseando lentamente por el interior de la valla, y cuando volvió por segunda vez a la puerta Fee empezaba a sentirse un poco más segura.

–No es tan difícil como creía.

–Claro que no –corroboró Chance cuando la yegua se detuvo ante él–. ¿Estás preparada para dar un paseo por el rancho?

–Su-supongo –respondió en tono vacilante.

–No tengas miedo –la tranquilizó Chance, como si le hubiera leído la mente, y abrió la puerta para sacar a la yegua–. Rosy es una yegua para niños y lo estás haciendo muy bien para ser la primera vez.

–¿Qué quiere decir que es para niños? –preguntó ella, frunciendo el ceño.

–Que está especialmente adiestrada para que un niño pueda montarla sin ningún riesgo –montó en su caballo–. Y yo estaré a tu lado.

Mientras cabalgaban por el pasto en dirección hacia una colina, Fee pensó en lo lejos que estaba de su ambiente. Hasta aquel día, su idea de vivir una aventura era ir de compras a un centro comercial en las rebajas.

Pero tenía que reconocer que montar a caballo no estaba tan mal como había pensado. De hecho, cuanto más lo pensaba, más se daba cuenta de que disfrutaba con la experiencia. Y por si fuera poco, estaban recorriendo un paraje donde los animales salvajes campaban a sus anchas sin que ella sintiera el menor temor.

Absolutamente increíble…

Miró al hombre que cabalgaba a su lado. ¿Cómo era posible que la animara a hacer cosas que para ella eran impensables y encima sin protestar?

Contempló la tierra que se extendía ante ella y supo por qué estaba dispuesta a probar cosas nuevas con Chance: confiaba en él y sabía que nunca le pediría nada que excediera sus límites, al igual que nunca permitiría que le ocurriera nada malo.

El corazón le dio un vuelco al pensarlo. Le costaba confiar en las personas, y muy especialmente en los hombres. Que Chance se hubiera ganado su confianza con tanta facilidad resultaba cuanto menos inquietante. ¿Qué tenía él de especial?

Tal vez se debiera al hecho de que, hasta el momento, había demostrado ser exactamente lo que decía ser: un ranchero trabajador y diligente que prefería llamar la atención por la calidad de su ganado que por él mismo. O quizá se debiera a que no se parecía en nada a los hombres que ella había conocido en Los Ángeles. La mayoría eran tipos geniales, pero casi todos preferían sentarse tras una mesa en un despacho con aire acondicionado a ensuciarse las manos al aire libre.

No estaba segura de por qué confiaba en Chance, pero sí lo estaba de una cosa: no podía bajar la guardia en ningún momento. Si lo hacía, acabaría enamorándose de él y perdiendo su trabajo.

Mientras cabalgaban en dirección al pasto norte, Chance pensó complacido en lo que había hecho Fee. Al principio se había mostrado extremadamente aprensiva ante la idea de montar a caballo, pero había tenido las agallas de intentarlo y ese era un rasgo que Chance admiraba.

No solo eso. Además de ser valiente era una mujer que se volcaba por entero en lo que estuviera haciendo. No conocía a nadie que llegara tan lejos para hacer su trabajo. Fee estaba dispuesta a hacer lo que hiciera falta para convencerlo de que protagonizara su campaña, aunque para ello tuviese que levantarse antes del amanecer o montar a caballo por primera vez. Y por lo que Sage le había contado, era una persona sensible y comprensiva. Al parecer Colleen le había ofrecido que usara su boda para la campaña de relaciones públicas, pero ella había rechazado cortésmente la oferta al no querer aprovecharse de una ocasión tan especial para la pareja.

–Parece que Roy y yo nos entendemos muy bien –dijo Fee, sacándolo de sus pensamientos.

–¿Te lo estás pasando bien?

–Sí, muy bien –la brisa agitaba los mechones que se le habían escapado de la cola–. Pero todo es gracias a Rosy. No creo que con otro caballo estuviera disfrutando tanto.

–Estaba seguro de que Rosy y tú estabais he-

chas la una para la otra –lo distrajo el débil mugi-
do de una vaca a lo lejos. Miró en la dirección de
la que provenía el sonido y vio una vaca negra
que yacía de costado a unos doscientos metros
de distancia–. ¡Maldita sea!

–¿Qué ocurre? –preguntó Fee, alarmada.

–Tengo que adelantarme. No te preocupes.
Estaré a la vista y Rosy te traerá junto a mí.

Antes de que ella pudiera protestar o preguntarle el motivo, Chance espoleó a Dakota y se
lanzó al galope hacia la vaca. Al llegar junto a
ella descubrió que estaba pariendo y que le costaba expulsar a la cría.

Desmontó rápidamente y se remangó la camisa. La respiración del animal le dijo que llevaba
sufriendo mucho rato y que su estado era crítico.
Si Chance no hacía algo, enseguida perdería la
vaca y el ternero.

–¿Qué ocurre? –preguntó Fee cuando llegó
con Rosy.

–Creo que el ternero está atravesado –respondió Chance. Se quitó el reloj de pulsera y sacó
una bolsa de toallitas desinfectantes de la alforja
atada a la silla de Dakota.

–Oh, pobrecita… –exclamó Fee con sincera
preocupación–. ¿Puedes ayudarla? ¿No deberías
llamar al veterinario?

–Tardaría demasiado tiempo en llegar –fue

hacia Fee y la levantó de la silla para dejarla en el suelo–. Necesito que agarres la cola de la vaca mientras intento ver dónde está el problema –extrajo varias toallitas y se frotó las manos y brazos–. ¿Crees que podrás hacerlo, Fee?

Era evidente que no se sentía segura en absoluta, pero respiró profundamente y asintió.

–Lo haré lo mejor que pueda.

–Bien –le dio un rápido beso y agarró la cola del animal para tendérsela a Fee–. Sujétala fuerte mientras miro si el ternero viene de nalgas o si es demasiado grande.

Mientras Fee sujetaba la cola, Chance se arrodilló junto al animal, lamentando no disponer de guantes, y apretó los dientes para disponerse a hacer lo necesario. Metió el brazo hasta palpar la cría y comprobó que, en efecto, una de las patas estaba doblada por la rodilla. Empujó al ternero hacia dentro y le estiró la pata con cuidado, para después volver a colocarlo en posición.

–¿Podrá parir ahora? –preguntó Fee con inquietud, soltando la cola y alejándose de la vaca.

–Eso espero –Chance se levantó, se limpió el brazo con más toallitas y esperó–. Tendré que comprobar los registros, pero estoy casi convencido de que es su primer parto.

La vaca emitió un extraño sonido.

–¿Está bien? –preguntó Fee.

–Está muy cansada, pero dentro de unos minutos sabremos si puede hacerlo sola –Chance se concentró en la vaca por si presentaba más signos de sufrimiento. No vio ninguno y se acercó a Fee.

–¿Y si no puede?

–Entonces tendré que hacer de veterinario y ayudarla a parir –se encogió de hombros–. No sería la primera vez ni será la última.

–Esta es una de las cosas que decías que a casi nadie le gustaría ver.

–Sí… –vio que la vaca empezaba a tener contracciones y lo interpretó como una buena señal, ya que al menos al animal le quedaban fuerzas para intentarlo.

–A la mayoría le resultaría desagradable, pero a mí me parece muy heroico –dijo Fee–. Te preocupas por los animales del rancho y no te importa ensuciarte las manos para salvar a uno de ellos.

–Soy responsable del ganado y eso incluye mantenerlos en buena salud –repuso él.

Nunca había pensado en su trabajo como decía Fee. Le gustaban los animales, naturalmente, y trabajar con ellos. De lo contrario no sería ranchero. Pero nunca le había parecido que lo que hacía tuviera nada de heroico. Para él ocuparse del ganado no solo era parte de su trabajo; era lo que había que hacer.

–Oh, Dios mío… –exclamó Fee cuando el becerro empezó a salir–. Es increíble.

Una vez convencido de que la vaca podría expulsar a su cría por si sola, llamó al rancho con el móvil para que enviaran a alguien a que las vigilara a ambas hasta que pudieran trasladarse a uno de los corrales junto al establo.

Cuando la cría cayó al suelo, Chance se cercioró de que respiraba.

–Es una hembra –anunció con una radiante sonrisa mientras volvía con Fee.

–¿Mamá vaca se pondrá bien?

Él asintió y le rodeó los hombros con un brazo.

–Creo que sí, pero Slim ha mandado a uno de los chicos para que se asegura de que vuelve al rancho, donde podrá descansar y recuperarse, antes de que ella y su cría vuelvan con el resto del rebaño.

Fee frunció el ceño.

–¿Qué hacía aquí sola?

–Las vacas suelen apartarse del rebaño cuando están de parto… para tener intimidad –vieron cómo la vaca se levantaba y empujaba con el hocico a su cría para que también ella se levantara–. Seguramente lo hizo ayer, cuando los hombres movieron el rebaño sin que se percataran de que faltaba una. Normalmente nuestro ganado pare en primavera, pero a esta debieron de preñarla más tarde de lo habitual.

—¿Pero volverán al rancho y podré ver otra vez a la ternera? —preguntó Fee con expresión esperanzada mientras la ternera conseguía tenerse en pie.

—Claro —sonrió—, pero creía que te daban miedo los animales grandes…

—Esta es distinta —insistió ella mientras la ternera se acercaba a su madre y empezaba a mamar—. Es una cría, y además habrá una valla entre su madre y yo.

Chance vio que se acercaba el vaquero al que había avisado y llevó a Fee hacia Rosy.

—Ha llegado el relevo. ¿Estás lista para volver a montar y examinar el pasto norte antes de regresar al rancho?

—Supongo —dijo, levantando un pie para meterlo en el estribo—. ¡Sigo diciendo que sería mucho más fácil si Rosy fuera más bajita!

Chance se acercó a ella por detrás, respiró hondo y se preparó para ayudarla a subir. Tocarle el trasero la primera vez que montó casi le había provocado un infarto, y temía que la segunda vez fuera a ser peor.

Y así fue. Nada más tocarle las posaderas enfundadas en sus vaqueros azules sintió una descarga fulminante que le subió por el brazo, se le propagó por el pecho y se concentró en su entre-pierna.

De repente sentía que los vaqueros se le habían quedado pequeños. Esperó a que Fee estuviera firmemente sentada a lomos de Rosy y se subió rápidamente en Dakota. Tuvo que corregir la postura para no acabar castrado como el caballo. Fee no llevaba ni un día entero en el rancho y él ya necesitaba darse una segunda ducha helada.

De camino hacia el pasto norte pensó que las dos próximas semanas iban a ser o las más exci-tantes o las más duras de toda su vida. Y él iba a hacer lo posible por quedarse con la primera op-ción.

Después de cenar, mientras Chance llamaba a su madre para decirle que al día siguiente se lle-varía a Cassie a tomar helados, Fee se quedó con Gus para ayudarlo a recoger la cocina.

–Ha sido increíble, Gus. Nunca había visto nada igual. Chance. sabía exactamente qué hacer y al final todo salió bien.

Aún le costaba creer la habilidad que había demostrado Chance con la vaca. No había dudado ni un segundo. Y gracias a su experiencia y pre-mura habían sobrevivido tanto la madre como la cría.

Las habilidades de Chance parecían no tener fin. Tenía que ser ranchero, ganadero, jinete y veterinario. Y Fee sospechaba que solo era la punta del iceberg.

–No le digas que te lo he dicho, porque no quiero que se le suba a la cabeza –le confesó Gus con una sonrisa–, pero ese chico tiene más sangre vaquera que su padre, y eso que cuando Charlie Lassiter estaba vivo no había mejor ranchero que él. Conocía tan bien a los animales que siempre se anticipaba a sus movimientos.

Fee recordó que Chance le había dicho que su padre se dedicaba al rancho cuando no estaba compitiendo en los rodeos.

–¿Cómo murió el padre de Chance? ¿Fue en un rodeo?

–No, fue uno de esos accidentes que nunca deberían suceder –Gus sacudió tristemente la cabeza mientras le tendía un cazo que acababa de lavar–. Charlie era un jinete de rodeo, y muy bueno. Ganaba casi todos los torneos y aparte de un brazo roto de vez en cuando nunca sufrió graves lesiones. Pero tres años después de que abandonara el rodeo y se dedicara por entero al rancho, se cayó de un caballo al que estaba domando y se rompió el cuello. Murió al instante.

–Qué lástima… –murmuró ella, secando el cazo y colocándolo en el escurridero.

—Lo peor fue que Chance lo vio todo —añadió Gus con voz ronca.

—¡Dios mío!

—El niño nunca se separaba de su padre y lo seguía a todas partes como si fuera su sombra. Era de esperar que aquel día estuviera sentado en la valla, viendo a Charlie.

Fee se quedó tan conmocionada que le costó volver a hablar.

—¿Cuántos años tenía Chance?

—Ocurrió hace veinticuatro años —respondió Gus con dificultad, como si también a él le doliera recordarlo—. Chance debía de tener unos ocho años.

Fee no pudo reprimir las lágrimas al pensar en Chance presenciando la muerte de su idolatrado padre. Ella no había conocido al suyo y nunca había estado muy unida a su madre, pero podía imaginarse lo terrible que debía de ser perder a un ser querido.

—Listo —dijo Chance, entrando en la cocina. Había llamado a su madre para decirle a qué hora se pasarían a recoger a su sobrina al día siguiente. Marlene cuidaba de Cassie mientras Hannah y Logan estaban de luna de miel, y con toda seguridad agradecería tomarse un respiro—. Mi madre ha dicho que tendrá a Cassie preparada para mañana por la tarde.

Sin pensarlo, Fee fue hacia él y lo abrazó. No le importó que pensara que había perdido la cabeza. Cuando más sabía de Chance Lassiter más fascinada estaba con él. Había sufrido una pérdida traumática de niño y eso no le había impedido seguir los pasos de su padre para convertirse en ranchero. Y por lo que había visto en la boda, se había empeñado a fondo para establecer una relación íntima con la hermanastra y la sobrina a las que acababa de conocer.

–No me malinterpretes, cielo –le dijo él, riendo mientras la abrazaba–. No me estoy quejando, pero… ¿a qué viene esto?

Fee sabía que haría el ridículo si intentaba explicarle los motivos, así que se encogió de hombros y se echó hacia atrás.

–Sigo impresionada con lo que hiciste hoy para salvar a la mamá vaca y a su ternera.

Él sonrió.

–¿Te apetece ir al corral para verlas?

–Me encantaría. Gus y yo hemos acabado de lavar los platos.

Gus asintió.

–Os veré en el desayuno. Dentro de unos minutos empieza un partido de béisbol.

Se retiró a su habitación a encender la televisión y Fee y Chance salieron de la casa y se dirigieron hacia el establo. Fee lo miró cuando él le agarró de la mano. Era un gesto sencillo y natural, pero a Fee le gustó tanto que se preguntó si ya había perdido la cabeza...

–Parece que tendremos que acortar nuestro paseo –dijo Chance, señalando los nubarrones que se acercaban desde el horizonte–. Dentro de poco empezará a llover.

–Por el color de esas nubes diría que va a caer una tromba de agua –comentó Fee mientras se acercaban al cercado.

–No durará mucho. En esta época del año tenemos muchos chubascos, pero normalmente solo duran unos minutos.

Fee se fijó en que había una zona cubierta en el extremo del cercado y asintió.

–Al menos tienen un refugio si empieza a llover.

–Al ganado no le molesta estar bajo la lluvia durante los meses de verano. Es una manera que tienen de refrescarse.

–¿No tienen otra manera? –preguntó Fee, observando como la pequeña ternera negra se aventuraba a alejarse de su madre.

–Si hay un estanque o un arroyo, les gusta meterse en el agua.

–No me extraña, deben de morirse de calor con todo ese pelaje –la ternera se acercó a la valla y Fee la contempló con emoción.

–Es preciosa… ¿Cómo vas a llamarla?

Chance se rio.

–Normalmente no le ponemos nombre al ganado.

–Supongo que sería algo difícil, teniendo tantos animales –dijo ella, pensando que era una lástima que algo tan adorable no tuviese nombre.

–A los que seleccionamos para la reproducción los etiquetamos con un número en las orejas. Así podemos identificarlos y controlar su estado de salud durante la época de apareamiento.

–Me da igual –insistió Fee, mirando los grandes ojos marrones de la ternera–. Es demasiado bonita para llevar únicamente un número. La llamaré Belle.

–¿Tengo que ponerle su nombre en la oreja en vez de un número antes de llevarla a ella y a su madre con el rebaño? –preguntó él en tono jocoso, tirando de ella.

Fee le puso las manos en el pecho y abrió la boca para decirle que eso era exactamente lo que debía hacer, pero en aquel momento le cayeron varias gotas en la cara.

–Vamos a volver a casa hechos una sopa –observó mientras comenzaba a llover con más fuerza.

Chance la agarró de la mano y tiró de ella hacia el establo.

–Podemos esperar ahí hasta que escampe.

Echaron a correr y entraron justo cuando un trueno resonaba sobre sus cabezas.

–Ha empezado a llover muy pronto –comentó ella, riendo.

–Y muy pronto debería dejar de llover –la miró unos segundos y, sin soltarla de la mano, la llevó hacia una estrecha escalera al fondo del almacén–. Hay algo que quiero enseñarte.

Se echó hacia atrás para dejarla subir en primer lugar y ella frunció el ceño.

–¿De qué se trata?

–Te aseguro que te gustará –respondió él misteriosamente.

–Le dijo la araña a la mosca antes de atraerla a su red –repuso ella, mirando la escalera. No sabía lo que le tenía preparado Chance, pero confiaba en él y le sonrió por encima del hombro antes de emprender la subida–. ¿Qué querías enseñarme? –le preguntó cuando estuvieron los dos arriba.

Él se acercó a las puertas abiertas en el extremo del desván.

–Tendremos que esperar hasta que deje de llover y salga el sol.

La estrechó entre sus brazos y Fee sintió un escalofrío que nada tenía que ver con la ropa empapada.

–Chance, no creo que esto sea buena idea. No estoy buscando un compromiso…

–Yo tampoco. Lo único que quiero es que disfrutes de tu estancia en el rancho.

–Tengo que hablar contigo de la campaña –le recordó ella.

Él asintió.

–Te prometo que nos ocuparemos de eso muy pronto. Pero ahora voy a besarte de nuevo, Fee –agachó la cabeza–. Y esta vez será un beso muy largo y apasionado que a los dos nos dejará sin aliento.

A Fee se le desbocó el corazón cuando sus labios se unieron, e instintivamente levantó los brazos para rodearle el cuello. Fiel a su palabra, Chance se tomó su tiempo para excitarla con sus labios, sus dientes y su lengua. Mientras la exploraba lenta y concienzudamente, le deslizó una mano por las costillas hasta el pecho. Lo agarró y acarició el pezón con el pulgar a través de la ropa. Una sensación increíble se propagó por el interior de Fee, acuciándola a apretarse contra él.

El contacto de su rígida erección en el vientre, la fuerza de sus abrazos rodeándola y los latidos de su corazón contra el pecho le provocaron un deseo como nunca antes había sentido. Las rodillas le cedieron mientras él seguía acariciándola con una ternura tan exquisita que se le llenaron los ojos de lágrimas. La habían besado otras veces, pero nada podía compararse a lo que estaba viviendo. Era como si hubiese estado esperando a aquel hombre y aquel momento toda su vida.

Aquel pensamiento la llenó de pavor y se echó hacia atrás para mirarlo.

—No me gustan los juegos, Chance.

—No te estoy pidiendo que juegues. Podemos pasarlo bien mientras estés aquí, y cuando vuelvas a Los Ángeles podrás llevarte un buen recuerdo. Mientras tengamos eso claro, no habrá ningún problema.

Ella lo miró fijamente durante largos segundos, mientras en su interior se libraba una feroz batalla. Chance solo le estaba pidiendo que disfrutaran del momento. Pero había un problema, y era que ella no estaba segura de poder confiar en su corazón.

Él agachó la cabeza y volvió a besarla.

—Fee Sinclair, creo que tienes los labios más deliciosos que he besado en mi vida —le susurró al oído. Se apartó de ella y señaló las puertas abiertas—. Esto es lo que quería que vieras.

Fee miró en la dirección indicada y ahogó un gemido. Un radiante arcoíris cruzaba el cielo más azul que había visto jamás.

—Es precioso…

—¿Sabías que en muchas culturas el arcoíris

simboliza un nuevo comienzo o una nueva etapa en la vida de una persona? –la besó en la frente y la apretó contra él mientras contemplaban el espectáculo de la naturaleza.

Cuando finalmente se desvaneció, Fee tragó saliva y se giró hacia el hombre que la abrazaba. Estando en los brazos de Chance sentía que estaba iniciando una nueva fase en su vida… Una fase que no había previsto, que no podía parar y que le provocaba una enorme inquietud.

Capítulo Cinco

De pie frente ante el mostrador de helados del Buckaroo Billy's, a las afueras de Cheyenne, Chance miró a través de la ventana a Fee y a su sobrina, sentadas bajo una sombrilla amarilla. Cassie hablaba a toda velocidad y parecía que Fee estaba entendiendo algo, lo cual era sorprendente. Chance quería mucho a Cassie, pero era casi imposible seguirla cuando se ponía a cambiar de un tema a otro.

Pagó los helados y llevó los tres cucuruchos y un puñado de servilletas a la mesa.

—Brownie para ti, princesa —le tendió a Cassie el suyo y se giró hacia Fee con una sonrisa—. Y menta con chocolate para ti.

—¡Tío Chance! —exclamó Cassie, señalando su helado de vainilla—. Tenías que probar algo nuevo.

—¿Dónde está tu sentido aventurero, señor Lassiter? —preguntó Fee, riendo.

—Me gusta la vainilla —se defendió él, sentándose a la mesa. Tendría que haber sabido que

Cassie recordaría su supuesta intención de probar un sabor nuevo. La niña tenía una memoria de elefante–. Pero os prometo que la semana que viene os dejaré elegir el sabor por mí, ¿de acuerdo?

La niña asintió enérgicamente, sacudiendo sus rizos pelirrojos.

–Está bien. Cuando mamá vuelva a casa le preguntaré qué tienes que tomar –fiel a su costumbre, miró a Fee y cambió de tema–. Mis padres están en su luna de piel. Por eso me quedo con la abuela Marlene.

–Querrás decir luna de miel –la corrigió Chance, guiñándole un ojo a Fee. Los dos intentaban contener la risa.

–Sí, eso. Se han ido en barco, pero no sé adónde.

–Después de un arduo debate, decidieron hacer un crucero por el Caribe –le explicó Chance a Fee.

–Qué bonito… –dijo ella, sonriéndole a Cassie.

–Van a traerme un regalo –añadió la niña mientras se lamía el chocolate de los dedos.

A continuación se puso a hablar de una muñeca nueva muy famosa y Chance se quedó embobado mirando como Fee lamía su helado.

–Chance, ¿me oyes? –le preguntó ella en tono preocupado.

–Oh, lo siento –sonrió–. Estaba pensando en esa muñeca.

Fee lo miró con escepticismo.

–Te estaba diciendo que voy a llevar a Cassie al servicio para lavarle las manos.

–Buena idea.

Se reprendió a sí mismo por ser tan tonto y fue a esperarlas a la camioneta. Si él y Fee no se acostaban pronto, iba a volverse loco.

Pero mientras esperaba y pensaba en el riesgo que corría su salud mental, se dio cuenta de que acostarse con Fee no era todo lo que quería. El descubrimiento le provocó una conmoción. No podía estar pensando en una relación de verdad...

Sacudió enérgicamente la cabeza para borrar aquella idea tan disparatada. Ninguno de los dos buscaba nada serio, y él se resistía a tener una relación permanente con una mujer. Su padre había sido el hombre más decente que había conocido y todo el mundo decía que había amado profundamente a su mujer. Si Charles Lassiter no había podido serle fiel a su esposa, ¿por qué iba Chance a hacerlo mejor?

–Tío Chance, Fee ha dicho que podemos jugar con mis muñecas la próxima vez que venga a casa de la abuela Marlene –le dijo Cassie, tirándole de la manga–. ¿Cuándo será eso?

Chance estaba tan sumido en sus divagaciones que no se había percatado del regreso de Fee y Cassie.

—Hablaré con la abuela Marlene a ver qué podemos hacer —le propuso a su sobrina mientras se la sentaba en el brazo—. ¿De acuerdo, princesa?

Cassie asintió y soltó un bostezo.

—Sí.

—Parece que alguien tiene sueño —observó Fee cuando Chance sentó a Cassie en su sillita.

—Se habrá dormido antes de que salgamos del aparcamiento —dijo él. Ayudó a Fee a subirse y se sentó al volante.

—Entonces tendremos tiempo para hablar.

—¿De la campaña?

—Me gustaría saber qué problemas tienes para ser el representante de tu familia.

—Nunca me ha gustado ser el centro de atención —respondió él sinceramente.

—Pero solo serían unas fotos y unos vídeos. Podríamos hasta prescindir de las apariciones en público, si no quieres hacerlas.

—Eso por descontado —declaró firmemente—. Como ya te dije, no estoy dispuesto a ser un mono de feria. Lo que ves es lo que hay, cielo. Actuar se me da fatal.

—¿Y si grabáramos los anuncios en el rancho?

–sugirió ella, como si pensara en voz alta–. Un cámara podría grabarte montando a caballo, y luego solo tendrías que leer unas líneas para la voz en off –hizo una breve pausa–. Aunque también podríamos usar fotos.

Estaba claro que Fee no iba a tirar la toalla.

–No te prometo nada –dijo, preguntándose de qué manera podría disuadirla–. Pero lo pensaré.

–De acuerdo –aceptó ella. Su decepción era evidente y Chance le puso una mano sobre la suya.

–No te estoy diciendo que no, Fee. Simplemente necesito más tiempo para pensarlo.

Ella lo miró con expresión esperanzada y Chance estuvo a punto de ceder. Por suerte ella siguió hablando.

–Me parece justo, pero ten presente que no voy a rendirme.

–Eso ya lo sé –afirmó él, riendo.

Sentada en la cama, con el portátil en el regazo y rodeada de papeles, Fee intentaba concentrarse en la campaña de promoción. Pero se había pasado una hora fantaseando con un vaquero alto, atractivo y de ojos verdes en vez de pensar en la mejor manera para limpiar la imagen de su familia.

Verlo con su sobrina aquella tarde había sido tan revelador como presenciar sus habilidades en el parto de la becerra. Con Cassie demostraba una paciencia inagotable y escuchaba con interés todo cuanto la niña decía.

Algún día sería un padre maravilloso, y Fee sintió una punzada de envidia al pensar en la mujer que le daría un hijo.

El corazón le dio un brinco. ¿Por qué pensaba en Chance teniendo un hijo con una desconocida? ¿Qué le importaba a ella? A final de mes volvería a Los Ángeles para lanzar la campaña y tratar de convertirse en la primera vicepresidenta de Lassiter Media menor de treinta años. Y, a diferencia de Wyoming, le gustaría no tener que conducir sesenta kilómetros para ir de compras o a cenar.

Pero mientras pensaba en la vida que tenía en Los Ángeles, no consiguió recordar cuál era el verdadero encanto de aquella vida. Vivía en un bloque de apartamentos con vecinos a los que no conocía y a los que no le interesaba conocer. Y por razones incomprensibles la posibilidad del ascenso no le resultaba tan sugerente como una semana antes.

Seguía intentando averiguar por qué no le entusiasmaba la idea de regresar a California cuando llamaron a la puerta.

Recogió los papeles de la cama, apagó el ordenador y fue a abrir.

–Hace una noche despejada y hay luna llena –le dijo Chance, apoyado en el marco–. ¿Te gustaría salir a montar?

–¿Estás de broma? –se rio y negó con la cabeza–. Apenas sé montar a la luz del día. ¿Cómo voy a hacerlo de noche? Además, seguro que a estas horas hay animales salvajes merodeando por la oscuridad. Criaturas con afilados colmillos y enormes garras esperando a lanzarse sobre mí y…

–Calma, calma. Te pareces a Cassie –dijo él, riendo–. No iremos muy lejos y dudo que nos encontremos con ningún animal, aparte de un mapache o un coyote. Además, no montarás a Rosy, sino en la grupa de Dakota conmigo.

–¿Es que tienes una silla para dos en el guadarnés?

Él volvió a reírse y la agarró de la mano para llevarla abajo.

–No hacen sillas para dos, cielo. Vamos a montar a pelo.

–Ah, claro, eso es mucho más seguro que montar a Rosy de noche, ¿no? –murmuró ella mientras salían de la casa y se dirigían hacia el establo.

–Lo es si eres un jinete experimentado y conoces bien a tu caballo.

–Espero que tengas razón…

En el establo, Chance sacó a Dakota de la casilla, lo ensilló y rodeó a Fee con los brazos.

–Gracias por acompañarnos hoy a Cassie y a mí –la besó en la sien–. Ha disfrutado mucho hablando contigo de muñecas.

–Es una niña encantadora. También yo he disfrutado mucho hablando con ella.

–¿Y conmigo? –le preguntó en voz baja y sensual.

Fee sintió una corriente de excitación por todo el cuerpo y tuvo que agarrarse a los brazos de Chance para guardar el equilibrio. La dureza de sus fuertes músculos avivó aún más el calor que ardía dentro de ella.

–Sí, siempre disfruto hablando contigo.

–Yo también –le dio un beso tan tierno y delicioso que Fee se hubiera derretido a sus pies si Chance no se hubiera apartado para subirse al caballo–. Date media vuelta, Fee.

Ella obedeció y Chance la levantó sin esfuerzo y se la sentó delante de él.

–¡Vaya! –exclamó ella, contenta de que Chance la estuviera sosteniendo–. Es mucho más alto que Rosy.

La risa de Chance resonó en su espalda mientras la apretaba por el estómago y espoleaba ligeramente al caballo.

–Te prometo que no te pasará nada, cielo. No dejaré que te caigas.

Fee sabía que con él estaba segura a lomos de un caballo, pero… ¿estaría igualmente seguro su corazón?

Empujó rápidamente el pensamiento al fondo de su mente y levantó la vista hacia el cielo nocturno.

–Es precioso, Chance. Nunca había visto tantas estrellas.

–Las luces y la contaminación de la ciudad impiden verlas… ¿Tienes frío?

Podría mentirle y decirle que sí, pero seguro que él ya sabía que su estremecimiento no se lo provocaba el frío, sino la proximidad de su cuerpo.

–No mucho –echó la cabeza hacia atrás y la apoyó en su hombro–. Es solo que me sobrecoge toda esta belleza e inmensidad.

Cabalgaron en silencio un rato, antes de que Fee advirtiera la reacción corporal de Chance a su íntimo contacto. Tan embelesada se había quedado con las estrellas que no se había percatado de que tenía el trasero entre los muslos de Chance. Pero la erección no la sorprendió tanto como su reacción. Saber que él la deseaba la hacía ser consciente del doloroso vacío en sus partes más íntimas que ansiaba ser colmado.

–¿Chance?

–Tranquila –le susurró él, deteniendo a Dakota–. No voy a negar que te deseo. Eres una mujer muy atractiva y mi cuerpo reacciona como el de cualquier hombre. Pero no va a pasar nada a menos que tú también lo desees, cielo.

Antes de que ella pudiera responder, Chance la soltó, desmontó y la agarró para bajarla al suelo. Antes de soltarla la besó brevemente, y Fee intentó disimular su decepción mirando a su alrededor. Un destello le llamó la atención, y al acercarse vio que era el reflejo de la luna en un estanque. Estaba rodeado por álamos y de la superficie se elevaban hilillos de vapor.

–¿Es un manantial natural? –preguntó, oyendo el borboteo del agua.

–Es un manantial de aguas termales, aunque la temperatura nunca supera los veintitrés grados. De niño solía venir a bañarme.

–¿Es lo bastante profundo? –a la luz de la luna podía ver el fondo del estanque.

–Solo tiene un metro y pico de profundidad en el canal que lo comunica con el río, pero para un niño de diez años es suficiente.

Fee sonrió al imaginarse a Chance chapoteando de niño en el manantial.

–Cuando yo era niña me encantaba ir a la playa, y la casa de mi abuela tenía una piscina.

–En casa también teníamos una piscina, pero no era tan divertido como esto. ¿Alguna vez te has bañado desnuda?

–No –se rio–. Aparte de no tener el valor para hacerlo, le habría provocado un infarto al vecino y su mujer habría dejado de ir a jugar al bingo con mi abuela.

Chance le dedicó una pícara sonrisa y se quitó las botas y los calcetines.

–Lo haré si tú lo haces.

–¿Bañarnos desnudos? ¿Aquí? ¿Ahora? –negó con la cabeza–. ¿Te has vuelto loco? ¿Y si alguien te ve?

Él se sacó la camisa de los vaqueros y se la desabrochó.

–Solo estamos tú, yo y Dakota. Y siendo un castrado le interesa más la hierba.

Fee miró al caballo.

–¿Y si se va y nos deja aquí tirados?

–Está adiestrado para no moverse –se desabrochó el cinturón y el botón de los vaqueros–. No se irá a ninguna parte mientras las riendas estén colgando –sonrió–. ¿Vas a acompañarme?

–Creo que no –no era una mojigata, pero tampoco estaba lista para olvidar la educación recibida de su abuela.

–¿Y ahora quién no está siendo aventurera?

–Probar un sabor nuevo no tiene nada que ver

con quitarte la... –la voz se le quebró cuando Chance se despojó de la camisa.

Su musculatura era sencillamente espectacular, propia de un modelo, y le hizo recordar las veces que la había ayudado a subir a la camioneta o al caballo, levantándola como si no pesara más que una pluma.

Incapaz de apartar la mirada, sintió que le hervía la sangre en las venas cuando Chance se bajó la cremallera y se quitó los vaqueros.

–¿De verdad vas a hacerlo?

–Sí, de verdad voy a hacerlo –repitió, y sonrió mientras enganchaba los pulgares en el elástico de los calzoncillos–. No siento el menor pudor y no me importa que estés mirando, pero si no quieres verme desnudo te aconsejo que cierres los ojos.

–¡Oh! –se giró rápidamente–. Avísame cuando estés en el agua.

–Ya puedes mirar –anunció él. Ella se volvió y lo vio de pie en el estanque, con el agua por la cintura–. Deberías probarlo. El agua está deliciosa.

–No puedo –arguyó, intentando no bajar la mirada–. No es lo bastante profundo.

–Sabes que quieres hacerlo –insistió él, sonriendo.

Fee sabía que Chance no apartaría la mirada

ni un segundo mientras ella se desnudaba, pero tenía que reconocer que la posibilidad de bañarse desnuda por primera vez en su vida la seducía enormemente.

–No tengo toalla para secarme –la excusa le pareció patética incluso a ella.

–Podemos secarnos con mi camisa.

–¿Y me prometes que no mirarás?

–Te doy mi palabra de boy scout de que no miraré mientras te desnudas y te metes en el agua –prometió él, levantando la mano con tres dedos extendidos.

–Entonces cierra los ojos –le pidió ella mientras se sacaba la camiseta de los pantalones. Él lo hizo y ella se desnudó lo más rápido que pudo para no darse tiempo a cambiar de opinión. Se metió en el agua y se arrodilló hasta que el agua le llegó al cuello–. No me puedo creer lo que estoy haciendo –dijo entre risitas.

–Míralo de este modo –le sugirió él. Abrió los ojos y se acercó a ella, hechizándola con su voz y su mirada–. Es algo que ya puedes tachar en tu lista de cosas por hacer antes de morir.

–No tengo ninguna lista.

–Te ayudaré a hacer una –le sostuvo la mirada mientras metía los brazos debajo del agua y la hacía ponerse en pie–. Y luego te ayudaré a tachar todas las cosas que vayas probando…

La estrechó entre sus brazos y ella le rodeó inconscientemente el cuello con los suyos. Una descarga de excitación le recorrió el cuerpo al sentir sus pechos aplastados contra el amplio torso desnudo de Chance.

–Dijiste que no mirarías.

–Y no lo he hecho… todavía –esbozó una sonrisa arrebatadoramente sensual–. Pero no dije nada de no tocarte.

Agachó la cabeza y Fee lo recibió con ansia. Los besos de Chance se estaban convirtiendo en una droga de la que Fee sospechaba que nunca podría desintoxicarse.

Siendo consciente del riesgo tendría que haber puesto pies en polvorosa, pero cuando los labios de Chance tomaron posesión de su boca olvidó todo sentido de responsabilidad y prudencia, y solo pudo pensar en lo que él le hacía sentir.

Chance la acució a abrirse a él y ella no se habría negado ni aunque su vida estuviera en juego. El primer roce de sus lenguas le desató una corriente eléctrica por todo el cuerpo y un débil gemido escapó de su garganta. Lo deseaba, deseaba sentir sus brazos rodeándola y la fuerza de su pasión en cada fibra de su ser.

La dureza de su miembro pegado al vientre le demostró que también él enloquecía de deseo. Aquella certeza la sumió en una miríada de sensaciones tan poderosas que tardó unos segundos en darse cuenta de que Chance había dejado de besarla.

—Odio tener que decirlo, pero será mejor que volvamos —su voz sonaba como una bisagra oxidada—. No tengo protección.

Fee se cubrió los pechos con las manos y asintió de mala gana. Afortunadamente uno de los dos había tenido la lucidez suficiente para detener la escalada de pasión a tiempo.

—Date la vuelta.

Él se echó a reír.

—¿Lo dices en serio? ¿Acabamos de pegar nuestros cuerpos desnudos y te preocupa que te vea?

A Fee le ardieron las mejillas.

—Sentirlo es una cosa, verlo es otra muy diferente.

—Si tú lo dices…

Hizo lo que ella le pedía y Fee salió rápidamente del agua, se secó con su camisa y se puso las braguitas y los vaqueros. Pero cuando buscó el sujetador no lo encontró por ninguna parte.

—¿Buscas esto?

Fee miró por encima del hombro y vio a Chance detrás de ella, con el sujetador colgado de su dedo índice.

—Creía que ibas a quedarte en el agua y de espaldas hasta que terminara de vestirme –protestó ella, arrebatándole de las manos el sujetador y poniéndoselo.

–Me he quedado en el agua hasta que has empezado a buscar tu sujetador –oyó que también él se vestía–. Después de secarte has dejado caer mi camisa encima.

–¿Has visto cómo me vestía? Me prometiste que no mirarías.

–Sí, bueno… –la hizo girarse hacia él–. Nunca he sido *boy scout*, así que el juramento no cuenta. Pero antes de besarte te dije que aún no te había mirado, no que no fuera a hacerlo –le dio un rápido beso en los labios y se puso los calcetines y las botas.

Mientras se dirigía hacia donde Dakota estaba pastando, Fee agarró su camisa empapada y esperó a que la ayudara a subirse al caballo. Pensó en llamar a su jefe en Lassiter Media y pedirle que mandara a otra persona para la campaña antes de que ella echara a perder definitivamente su carrera, pero rechazó la idea al instante. Por muy difícil que fuera el encargo, nunca había abandonado un proyecto y no iba a hacerlo ahora.

Solo tenía que ser fuerte y resistir la tentación. Por desgracia, tenía el presentimiento de que iba a ser lo más difícil que había tenido que hacer en su vida.

Chance yacía en la cama maldiciéndose una y otra vez. No había dejado de reprenderse desde que él y Fee habían vuelto a casa. Su intención al invitarla a pasear bajo la luna no había sido seducirla. Al contrario; solo pretendía que ella se relajara y disfrutara con la vista del cielo estrellado.

Pero no había contado con el efecto que iba a provocarle el delicioso roce de su trasero en la entrepierna a lomos del caballo. Y, por si no fuera bastante, ella se había fijado en el manantial y a él se le había ocurrido la brillante idea de bañarse desnudos.

Si se hubiera quedado en su lado del estanque y no la hubiera tocado ni besado, no estaría dando vueltas en la cama. Pero había sido incapaz de resistirse, y cuando la tuvo entre sus brazos no podría haberse detenido por nada del mundo.

Lo que le hizo dar rienda suelta a su deseo, sin embargo, fue la respuesta de Fee. Sus labios y su cuerpo se habían amoldado a los suyos de una manera tan enloquecedoramente erótica que había sido un milagro que se acordara de que no tenían protección a mano.

Golpeó la almohada y se giró de costado. Había sido un ingenuo al pensar que podía controlar la situación, y había acabado siendo víctima de su maldita arrogancia. El deseo había prendido desde el primer momento que la vio, en la boda de Logan, y desde entonces no había dejado de crecer. La deseaba, quería hundirse en ella hasta el fondo, fundirse con ella de tal modo que ninguno supiera dónde terminaba uno y empezaba otro. Y, o mucho se equivocaba, o ella deseaba lo mismo. Entonces ¿por qué estaban cada uno en una cama?

Maldijo en voz alta y se levantó de la cama. Llevaba dos horas dando vueltas sin poder conciliar el sueño, de modo que se puso unos vaqueros y salió al pasillo descalzo y sin camiseta. Nada le gustaría más que entrar en la habitación que tenía enfrente, agarrar a Fee en brazos y llevársela a su cama. Pero en vez de eso se obligó a bajar a la cocina, sacó una cerveza del frigorífico y salió al porche trasero. Con un poco de suerte la cerveza y la brisa nocturna lo ayudaran a relajarse.

Tomó un largo trago de la botella y contempló la noche mientras intentaba olvidar a la mujer que dormía en el piso de arriba. Al día siguiente tenía que ir a la ciudad a comprar provisiones y recoger las entradas para los rodeos que se celebrarían al final de mes con motivo de los Frontier Days. Lassiter Media ofrecía su material audiovisual para el evento y a cambio recibía entradas gratuitas de los organizadores. Chance asistía a las finales del torneo cada año y tal vez a Fee le gustase acompañarlo, aunque para entonces ya estaría de regreso a su casa alquilada.

Un relámpago iluminó la escalera mientras subía, y cuando llegó al piso superior se oyó un trueno tan fuerte que resonó en toda la casa, haciendo vibrar las ventanas. Acababa de llegar a la puerta de su dormitorio cuando Fee salió corriendo de su cuarto y se chocó contra él.

–Eh, cielo –la sujetó por los hombros para que no cayera hacia atrás–. ¿Qué ocurre?

–¿Qué ha sido ese ruido? –preguntó ella con voz jadeante.

–Se acerca una tormenta –respondió él, intentando no fijarse en el camisón de seda rojo que apenas le cubría las braguitas.

–Ha sonado como una explosión –parecía confusa y desorientada.

–Solo son truenos –debería avergonzarse de sí mismo, pero nunca había agradecido tanto una tormenta–. Tenéis tormentas en Los Ángeles, ¿no?

Ella asintió, pero dio un respingo cuando otro trueno resonó alrededor.

–No muchas. Y nunca me han gustado.

Chance la rodeó con los brazos e intentó recordarse que solo le estaba ofreciendo consuelo.

–Supongo que yo estoy más acostumbrado porque en esta época del año tenemos tormentas casi a diario.

–¿En serio? ¿Tantas?

–A veces tenemos varias tormentas en un mismo día, pero casi todas son como Gus: mucho ruido y pocas nueces.

–Creo que me alegro de vivir en Los Ángeles, donde los truenos apenas se oyen sobre el ruido de la ciudad –se acurrucó contra su pecho desnudo–. Si viviera aquí estaría hecha un manojo de nervios.

Chance sintió un ligera decepción. Quería que Fee amase el rancho tanto como él, aunque solo estuviera en Wyoming de manera temporal. Pero no porque pretendiera que ella se mudase allí. Tan solo quería una aventura de verano.

Pero en aquellos momentos no podía pensar mucho en ello. Fee se aferraba a él con todas sus fuerzas, escasamente vestida, y el cuerpo de Chance estaba reaccionando de una manera absolutamente inapropiada en aquellas circunstancias.

–Mañana voy a ir a Cheyenne para comprar

suministros y entradas para el rodeo –dijo en un esfuerzo por distraerlos a ambos–. Podríamos almorzar en el Lassiter Grill. Dylan y Jenna han vuelto de su luna de miel y he pensado que quizá te gustaría verlos.

–Me encantaría –su larga melena rubia le acarició el pecho al asentir–. Jenna y yo nos hicimos muy buenas amigas cuando me ocupé de la publicidad para la inauguración del restaurante –añadió, obviamente ajena a la alteración de Chance–. También la ayudé cuando una de las periodistas empezó a hacerle preguntas sobre ella y su padre.

Sage le había dicho que el padre de Jenna era un estafador que se había aprovechado de su hija para engañar a sus víctimas. También le había contado el incidente con la prensa en la inauguración del restaurante y cómo Fee había manejado la situación.

–Pues eso es lo que haremos –decidió. A cada segundo le costaba más ignorar el calor que crecía en su entrepierna.

Otro trueno hizo que Fee se arrimara más a él. Imposible seguir resistiéndose. Había traspasado el límite y tenía que ser lo bastante honesto para admitirlo.

–¿Fee?

Ella levantó la cabeza y él agachó la suya,

cediendo finalmente a la tentación y sin pensar en las consecuencias. De todos modos no iba a poder dormir, así que se cercioraría de que ambos se quedaran despiertos lo que quedaba de noche.

Capítulo Seis

Cuando Chance la besó Fee se olvidó de que tenía que ser fuerte y resistirse al deseo. La verdad era que deseaba aquel beso y volver a sentir lo que solo él le hacía sentir.

Un reconfortante calor empezó a propagarse por su interior y supo que mientras estuviera en sus brazos no le pasaría nada. Pero antes de que pudiera buscarle un significado a aquella extraña y maravillosa sensación, él introdujo la lengua entre sus labios y la apretó con fuerza, y Fee sintió que los huesos se le volvían de mantequilla y que un deseo incontenible se desataba en su interior.

Chance le subió la mano por las costillas hasta el pecho. Le masajeó el pezón con los dedos y Fee cerró los ojos al sentir cómo se endurecía contra el camisón de seda.

—Sé que lo único que quieres de mí en estos momentos es consuelo —le dijo, besándola en el cuello y en el hombro—. Pero te deseo desde que te vi por primera vez en la boda de mi hermana

119

–bajó con los labios hasta el escote del camisón–. Si no sientes lo mismo, será mejor que vuelvas a tu cuarto y cierres la puerta.

Ella abrió los ojos, y como los suyos, ardían de pasión. Sabía lo que debería hacer. Debería volver a su habitación, hacer el equipaje y pedirle que la llevara a su casa alquilada en Cheyenne por la mañana. Pero no era eso lo que iba a hacer. Tal vez estuviera cometiendo el mayor error de su vida, pero no iba a pensar en su trabajo ni en el riesgo que podía correr de perderlo.

–No quiero volver a mi cuarto, Chance –en realidad no tenía elección. Se habían dirigido hacia aquel momento desde que ella levantó la mirada y lo vio junto a la dama de honor caminando por el pasillo.

Él cerró los ojos y respiró profundamente antes de volver a abrirlos.

–No busco nada serio, Fee.

–Ni yo –respondió ella honestamente, ignorando el dolor que le provocaban sus propias palabras. Pero la verdad era que no buscaba nada permanente. Al final de su estancia en Wyoming volvería a su vida en California y él se quedaría en el rancho. Aparte de algún viaje para filmar los vídeos de la campaña promocional, lo más probable era que no volviesen a verse. Así debía ser, y así sería.

–Vamos a mi habitación, cielo –la agarró de la mano y la condujo por el pasillo hacia el dormitorio principal.

Los relámpagos y los truenos seguían sucediéndose en el exterior, pero Fee apenas se daba cuenta. Chance cerró la puerta tras ellos y la llevó hacia la enorme cama. Encendió la lámpara de la mesilla y Fee miró a su alrededor. Los muebles eran de troncos, y a excepción de un marco plateado sobre la cómoda, la habitación estaba decorada con el mismo estilo rústico que el resto de la casa. La foto mostraba a un niño y a un hombre que se parecía mucho a Chance. Antes de que pudiera preguntarle si era una foto suya y de su padre, Chance la agarró para besarla y la hizo olvidarse de todo salvo del hombre que la abrazaba.

–¿Sabes cuántas veces he pensado en hacer esto durante la última semana? –le preguntó mientras pasaba el dedo por el tirante del camisón–. Cuando te miraba no podía pensar en otra cosa.

–La verdad es que… no lo he pensado… mucho… –¿cómo podía darle una respuesta coherente cuando el tono de su voz y sus palabras cargadas de deseo la hacían estremecerse de excitación?–. Pero sí he pensado mucho en ti y en lo que deseaba hacer esto –le puso las manos en el pecho, le acarició con la punta de los dedos sus poderosos pectorales y se deleitó con su poder femenino al sentir cómo también él se estremecía–. Tienes un cuerpo perfecto. Así me pareció cuando estuvimos en el manantial –le tocó un pezón–. Quería tocarte, pero…

–Esta noche vamos a conocer nuestros cuerpos a la perfección –dijo él mientras le deslizaba las manos por los costados, hasta el bajo del camisón. Le sonrió sensualmente al tiempo que se lo levantaba sobre la cabeza y lo arrojaba al suelo. A continuación, le hizo separar los brazos y dio un paso atrás para admirarla.

–Eres preciosa, Fee.

–Y tú también, Chance.

Él sonrió y se quitó los vaqueros, que acabaron junto al camisón de Fee en el suelo.

–Cuando me levanté para bajar a la cocina solo me puse los vaqueros, sin ropa interior.

En el estanque Fee había mantenido la vista por encima de su cintura, pero al mirarlo en aquel momento se quedó maravillada con su increíble físico. Los años de duro trabajo en el rancho habían esculpido su cuerpo en fibra y músculo, y cuando Fee bajó la mirada ahogó una exclamación de asombro. Había sentido su erección al bañarse desnudos, pero el tamaño era sencillamente descomunal.

–No dudes ni un por momento que te deseo, Fee –le dijo él, abrazándola y besándola en los labios, el cuello y los pechos–. Eres la mujer más sensual que he conocido en mi vida.

A Fee se le desbocó el corazón cuando avanzó con los labios hacia el pezón. Pero cuando lo atrapó con la boca sintió que el corazón y el tiempo se detenían. Nunca en sus veintinueve años de vida había sentido algo tan delicioso como el beso de Chance en su cuerpo en llamas. Él se desplazó al otro pecho y ella echó la cabeza hacia atrás en un agónico intento por llevar aire a sus pulmones.

–¿Te gusta?

Ella asintió, incapaz de hablar. Chance dio un paso atrás y le sostuvo la mirada mientras tiraba de sus braguitas hacia abajo. Cuando cayeron a sus tobillos, ella se las quitó con el pie y él sonrió mientras la abrazaba. La sensación de estar pegada a su cuerpo fuerte y desnudo la acució a apretarse más contra él.

Chance la levantó en sus brazos para dejarla con cuidado en la cama, y ella no creyó haberse sentido nunca más deseada. Vio cómo sacaba un paquetito de la mesilla y lo colocaba bajo la almohada. Se tumbó a su lado y justo cuando la estrechó de nuevo entre los brazos un relámpago iluminó la noche y un trueno inmediato hizo que se estremeciera toda la casa y que la lámpara parpadeara varias veces.

—Es probable que se vaya la luz –dijo él.

—Había olvidado que hay tormenta.

—Y yo voy a hacer que lo olvides de nuevo –le prometió, antes de besarla en la boca y acariciarle la cadera.

El roce de su palma le aceleró el pulso, pero cuando la tocó de manera más íntima la dejó sin aliento. El deseo de colmarse con sus caricias se mezcló con el deseo de tocarlo también ella. Bajó las manos desde su pecho hasta su entrepierna y él se quedó completamente rígido al tiempo que soltaba un gemido.

—Vas a echar a perder mis buenas intenciones...

—¿Y cuáles son esas intenciones? –le preguntó ella mientras recorría su longitud y grosor con las palmas de las manos.

—Me gustaría que esta primera vez durase un poco más de lo que... va a durar si sigues haciendo eso –murmuró él, y le agarró las manos para volver a colocárselas en el pecho. Respiró hondo varias veces y metió la mano bajo la almohada para sacar el preservativo.

Una vez se lo hubo colocado, la tomó de nuevo en sus brazos y la besó mientras le separaba las piernas. La miró fijamente a los ojos y le sonrió de un modo enloquecedoramente sexy.

–Muéstrame dónde me quieres, Fee.

Sin dudarlo un instante, ella lo guio hacia su sexo y él unió sus cuerpos con una suave embestida. Se quedó inmóvil unos segundos y ella supo que no solo le estaba dando tiempo para acostumbrarse, sino que también estaba esforzándose por retener el control.

–Eres tan hermosa… –le dijo finalmente mientras empezaba a moverse contra ella–. Tan perfecta…

–Y tú también –consiguió decir ella, moviéndose a su mismo ritmo.

Era como si sus cuerpos fueran dos mitades destinadas a acoplarse. Chance aumentó el ritmo de sus embestidas y Fee se perdió en las increíbles sensaciones que la embargaban en su frenética carrera hacia el orgasmo.

Incapaz de postergar lo inevitable, acabó cediendo a la tensión que alcanzaba un punto crítico en su interior. Se sintió arrollada por una oleada de placer tras otra y se aferró a él para no perderse irremisiblemente. Unos instantes después sintió que el cuerpo de Chance se endurecía y supo que también él había alcanzado el éxtasis.

Lo rodeó por los hombros cuando se derrumbó sobre ella y lo abrazó con fuerza. Nunca se había sentido tan unida a alguien como en aquel momento con Chance, y no quería que la conexión se perdiera por nada del mundo.

La idea de que tal vez se estuviera enamorando de él le provocó un momento de pánico, pero se sacudió mentalmente para desecharla. Era cierto que por él sentía algo mucho más fuerte de lo que había sentido por nadie, pero eso no significa que estuviese enamorada de él. Chance era un hombre maravilloso en todos los aspectos, y cualquier mujer sería afortunada de conquistar su corazón. Pero ella no era esa mujer.

A la mañana siguiente Chance se vistió y le sonrió a la mujer acurrucada en su cama. Fee dormía profundamente y él no pensaba despertarla. Se habían pasado casi toda la noche haciendo el amor y debía de estar tan cansada como él, y si Chance no tuviera cosas que hacer se quedaría en la cama con ella.

Salió al pasillo y cerró con cuidado tras él. Nunca había conocido a una mujer con la que se sintiera tan bien. Fee era fascinante en todos los aspectos, y a pesar de su baja estatura se complementaban a la perfección cuando hacían el amor.

Bostezó al entrar en la cocina y sonrió al pensar en la razón de su cansancio.

–Gus, Fee y yo vamos a ir hoy a Cheyenne –le

dijo mientras se servía un café bien cargado–. ¿Necesitas que te traiga algo?

–Ahora mismo no se me ocurre nada –respondió el viejo mientras abría el horno–. ¿Dónde está Fee?

–Se ha pasado casi toda la noche despierta por culpa de la tormenta y he preferido dejarla dormir.

Gus se giró y miró durante varios segundos a Chance antes de dejar las galletas recién hechas en la mesa.

–¿A quién pretendes engañar, muchacho?

–¿A qué te refieres?

–No nací ayer. La tormenta pasó a medianoche. ¿Cómo sabes que no ha pegado ojo?

Chance detuvo la taza a mitad de camino de su boca, la dejó muy despacio en la mesa y miró con el ceño fruncido a su viejo amigo.

–Cuidado, Gus. No te metas en lo que no te importa.

–La chica que tienes arriba en tu cama no es la clase de mujer con la que te acuestas, a menos que pretendas darle tu apellido –dijo Gus, ignorando la advertencia de Chance.

–¿Desde cuándo eres un experto en mujeres? –preguntó Chance, intentando contener su furia por respeto a la edad de Gus y al vínculo que lo unía con la familia.

—No he dicho que sea un experto —Gus se acercó y meneó un dedo en la cara de Chance—. Pero hay mujeres con las que solo quieres pasar un buen rato y mujeres con las que quieres compartir el resto de tu vida —señaló con el dedo hacia el techo—. La chica de ahí arriba pertenece al segundo grupo.

—Ni a ella ni a mí nos interesa tener nada serio —dijo Chance a la defensiva.

—Puede que sea eso lo que dice, y hasta es posible que se lo crea, pero he visto cómo le brillan los ojos cuando te mira o cuando habla de ti —soltó un pequeño gruñido—. Tu madre tenía la misma expresión cuando miraba a tu padre.

—Sí, y los dos sabemos cómo terminó —murmuró Chance.

—No juzgues a nadie antes de haber caminado tres días con sus zapatos —le aconsejó Gus—. Tu padre amaba a tu madre más que a su propia vida.

—¿Por eso tengo una hermanastra? —espetó Chance. Le encantaba haber conocido a Hannah, pero no estaba seguro de que alguna vez pudiera perdonar a su padre por haber engañado a su mujer.

—Tu padre cometió un error, y hasta el día de su muerte hizo todo lo que pudo para compensarlo —Gus sacudió la cabeza—. Tu madre lo perdonó, pero no creo que llegara a perdonarse a sí mismo.

–Al menos yo nunca tendré que pasar por eso –dijo Chance–. No puedes engañar a tu mujer si no estás casado.

Gus lo miró fijamente y soltó un profundo suspiro.

–Nunca te tomé por un cobarde, chico.

Antes de que Chance pudiera mandarlo al infierno, oyó a Fee bajando la escalera.

–Seguiremos con esto más tarde.

–No hay nada más que añadir –declaró Gus–. He dicho todo lo que tenía que decir al respecto.

–¿Por qué no me has despertado, Chance? –preguntó Fee, entrando en la cocina–. Quería ayudarte a darles de comer a Belle y a su madre.

–Me pareció más oportuno dejarte descansar –Chance se levantó y fue a servirle una taza de café en vez de estrecharla en sus brazos para besarla, que era lo que deseaba hacer realmente–. Sé que la tormenta no te ha dejado dormir mucho esta noche –Gus carraspeó y Chance lo fulminó con la mirada–. Voy a ir a darle a Slim la lista de cosas que quiero que hagan hoy. Después de desayunar les daremos de comer a la vaca y la ternera y luego iremos a Cheyenne.

A Fee se le iluminó el rostro con una encantadora sonrisa.

–¡Genial! Ayudaré a Gus a preparar el desayuno mientras vas a hablar con tu capataz.

Mientras Chance salía de la casa, pensó en las palabras de Gus y en cuánto lo habían irritado. Gus y Charles Lassiter habían sido muy buenos amigos, y era lógico que el viejo lo defendiera. Y Chance tenía que admitir que su padre debía de haberse sentido muy solo sin su familia cuando estaba participando en algún rodeo. Pero eso no era excusa para cometer una infidelidad. Cuando un hombre se comprometía con una mujer no se dedicaba a buscar consuelo en los brazos de otra.

Por eso Chance había tomado la decisión de permanecer soltero. Al descubrir que su padre no había podido resistirse a la tentación se había hecho muchas preguntas sobre sí mismo. A excepción de su novia en la universidad nunca había tenido una relación estable. Siempre había creído que el motivo era no haber conocido a la mujer adecuada. Pero ¿podría ser que fuera incapaz de comprometerse con una sola mujer? No estaba seguro, y hasta que no tuviera la respuesta prefería no implicarse demasiado con nadie. No quería arriesgarse a que por su culpa una mujer sufriera el mismo dolor emocional que sin duda había padecido su madre.

Sacudió la cabeza y entró en el establo. No sabía por qué estaba pensando en lo que Gus le había dicho. Gus nunca se había casado ni había salido con nadie en veinticinco años. No era precisamente un experto en asuntos del corazón.

Además, había demasiadas diferencias entre Chance y Fee como para que una relación pudiera funcionar. Ella era una chica de ciudad y le gustaba pasar el tiempo libre en un spa o de compras por Rodeo Drive, mientras que él prefería bañarse desnudo en un estanque o asistir a un rodeo. Por no hablar de sus respectivos trabajos… Ella trabajaba en una moderna e impecable oficina en un rascacielos en el centro de Los Ángeles, y él se pasaba casi todo el día a la intemperie, con lluvia o sol, haciendo cosas que a casi todo el mundo le parecerían repugnantes.

Respiró profundamente y se enfrentó a la realidad. Cuando Fee tuviera que regresar a Los Ángeles, él le diría que lo llamara cada vez que volviera a Cheyenne, le daría un beso de despedida y la dejaría marchar. Así tenía que ser.

Lo que no entendía era por qué al pensar en su marcha se sentía horriblemente vacío por dentro.

—Chance es increíble con los animales –le dijo Fee a Jenna Montgomery Lassiter después de haber almorzado en el nuevo restaurante de su marido. Chance y Dylan se habían retirado al

131

despacho para discutir un aumento del suministro de carne a la cadena de restaurantes Lassiter Grill por parte del Big Blue, y las dos mujeres se habían quedado hablando entre ellas.

–Colleen y yo hemos llegado a la conclusión de que todos los hombres de la familia Lassiter son increíbles –corroboró Jenna con una sonrisa–. No es fácil llegar a amarlos, pero el esfuerzo vale la pena.

–Seguro que sí –dijo Fee con una sonrisa–. Pero yo no estoy enamorada de Chance.

Jenna la miró fijamente unos momentos.

–¿Estás segura?

Fee asintió.

–Solo somos amigos. Estoy intentando convencerlo para que me ayude con la campaña para mejorar la imagen de la familia –se echó a reír–. Y él intenta convencerme de lo contrario.

Se sentía un poco culpable por no ejercer más presión sobre él, pero tenía el presentimiento de que no le serviría de nada. Más bien tendría el efecto opuesto.

Y luego estaba la distracción que suponía. La mayor parte del tiempo se lo pasaba pensando en los besos y las caricias de Chance, y en como la hacía sentirse la mujer más deseada del mundo.

–Estoy segura de que Chance ha sido muy

persuasivo… –comentó Jenna con una sonrisa maliciosa.

–¿Qué quieres decir? –no podía imaginarse a lo que se refería su amiga.

Jenna no respondió y se limitó a sacar un espejito del bolso. Se lo entregó a Fee y se señaló el cuello con el dedo.

Fee se miró al espejo y ahogó un gemido de horror.

–Bueno, esto… –rápidamente intentó ocultarse la marca con el pelo–. Es… –no había justificación posible. El pequeño chupetón lo decía todo.

Jenna sonrió y le puso una mano en el brazo para aliviar su vergüenza.

–Tranquila, apenas se nota. Seguramente no me habría dado cuenta si yo misma no hubiera tenido uno durante nuestra luna de miel en París.

Fee sintió que se ponía como un tomate y sacudió enérgicamente la cabeza.

–No me había pasado desde que estaba en la universidad.

–Los hombres de la familia Lassiter son muy apasionados –comentó Jenna en un tono que reflejaba su comprensión–. Por eso y otras muchas cosas al final es imposible no enamorarse de ellos…

–Te he dicho que Chance y yo no estamos enamorados –insistió Fee.

–Lo sé, pero he visto cómo os miráis –sonrió–. Si aún no os habéis enamorado, es solo cuestión de tiempo.

Fee no iba a insultar la inteligencia de Jenna negando que estuviera luchando con todas sus fuerzas para no enamorarse perdidamente de Chance.

–Somos muy distintos. Yo estoy completamente fuera de lugar en el rancho, igual que él lo estaría en una ciudad como Los Ángeles.

–Las diferencias son lo que lo hace interesante –replicó Jenna–. Dylan y yo hemos tenido que superar muchas dificultades, pero cuando amas de verdad a una persona no hay nada que se interponga –se calló un momento–. Yo estaba convencida de que nuestra relación iba a romperse por culpa de lo que había hecho mi padre, pero conseguimos superarlo y nuestra relación se hizo aún más fuerte. Comparado con eso, algo tan nimio como la distancia geográfica no debería suponer el menor problema entre tú y Chance –sonrió–. Siempre podrías venirte a vivir aquí.

Fee se miró las manos, entrelazadas sobre la mesa, antes de volver a mirar a Jenna.

–No es solo la distancia… Tengo un trabajo al que no puedo renunciar –suspiró–. No te aburriré con los detalles, pero mi madre abandonó una prometedora carrera como asesora financiera al enamorarse de mi padre. Y cuando él nos dejó, había pasado tanto tiempo alejada de su especialidad que decidió no intentarlo de nuevo –sacudió la cabeza–. No quiero que a mí me suceda lo mismo.

–Entiendo que quieras conservar tu independencia –dijo Jenna, asintiendo–. Pero no creo que Chance te pidiera que abandonases tu carrera. No me parece ese tipo de hombre.

Se quedaron en silencio hasta que Fee decidió relajar el ambiente.

–Ya está bien de hablar de eso. ¿Cómo ha sido tu luna de miel? Nunca he estado en París, pero he oído que es preciosa.

–Sí que lo es –corroboró Jenna con los ojos brillándole de entusiasmo–. Dylan pasó allí mucho tiempo cuando viajaba por Europa y se moría de ganas por enseñármela a fondo.

Mientras le hablaba de los sitios que su marido le había hecho descubrir en París, así como la incomparable cocina francesa, Fee pensó en las observaciones de Jenna. Si los demás podían ver lo que sentía por Chance, era porque seguramente empezaba a enamorarse de él. Era un hombre maravilloso y, por mucho que ella intentara negarlo, lo que sentía por él era cada vez más fuerte, especialmente después de haber hecho el amor.

Pero no podía enamorarse de Chance. Él le había dejado claro que no buscaba una relación y ella tenía demasiado que perder. Aparte del riesgo que suponía para su carrera, se pasaría la vida sufriendo por un amor no correspondido.

–Chance me ha contado que quieres que sea el representante de la familia para la campaña –dijo Dylan cuando él y Chance volvieron a la mesa.

Fee asintió.

–Creo que podría ser muy convincente para transmitir el mensaje, a los accionistas y al público en general, de que Lassiter Media sigue siendo tan sólida como siempre.

Dylan sonrió.

–Estoy de acuerdo.

–Solo porque tienes miedo de que ella te pida hacerlo en el caso de que yo me niegue –replicó Chance.

–Has acertado –afirmó Dylan, riendo.

Fee sonrió al ver bromeando a los dos primos. Sabía que había hecho la elección adecuada entre los tres Lassiter. Chance no era tan cerrado como Sage, y aunque Dylan era más abierto y extrovertido que su hermano, tenía un aire excesivamente sofisticado que no a todo el mundo le gustaba.

El intercambio entre Chance y Dylan la animó. Chance no había dicho que no fuera a hacer la campaña, tan solo había comentado una posibilidad. Si Fee conseguía arrancarle un compromiso por escrito podría empezar a programar la grabación de los vídeos.

Al pensarlo sintió una repentina tristeza. Cuando hubiera acabado el rodaje ella volvería a Los Ángeles y él se quedaría en el Big Blue. Volverían a verse en algún que otro evento de la empresa, pero al final acabarían perdiendo el contacto por completo. La idea le resultaba muy dolorosa. Por muchas veces que se hubiera convencido de que así tenía que ser, sabía que la despedida no iba a ser fácil. Y sabía también que cuando se marchara su corazón quedaría atrás.

Capítulo Siete

Dos días después de haber comido con Dylan y Jenna, Chance estaba con Fee y con su sobrina en el salón de la casa del rancho. Las dos jugaban con las muñecas de Cassie, sentadas en el suelo, y Fee parecía pasárselo tan bien como la niña; la animaba a probar cosas nuevas y escuchaba con atención todo lo que Cassie decía, sin dar la menor muestra de aburrimiento o cansancio.

No había duda. Algún día sería una madre maravillosa. Y al pensar que no sería él con quien tuviera hijos sintió un doloroso nudo en el estómago…

Se levantó de un salto. ¿De dónde había salido aquel pensamiento? ¿Y por qué?

–Voy a ver si mi madre necesita algo –dijo a modo de excusa cuando Fee le lanzó una mirada interrogativa. No podía decirle el verdadero motivo por el que tenía que salir del salón.

–Tendría que ayudar a Marlene a poner la mesa –dijo ella, haciendo ademán de levantarse.

–No, tú sigue con ese desfile de moda o lo que quiera que estés haciendo con Cassie –respondió él con una tono forzadamente alegre–. A mi madre le encanta cocinar y seguramente ya lo tiene todo bajo control. Pero de todos modos iré a ofrecerle ayuda por si acaso.

Fee sonrió, provocando que a Chance se le retorciera aún más el estómago.

–Si me necesitáis para algo, no dudes en avisarme.

–Lo haré –prometió él, saliendo a toda prisa del salón. Tenía que poner distancia entre ellos y aceptar que en algún momento habría otro hombre abrazándola, amándola y formando una familia con ella. Hasta un par de meses antes, cuando descubrió los defectos de su padre, pensaba que algún día también él tendría una familia. Pero ya no estaba tan segura de que eso fuera a ocurrir.

Aminoró el paso al acercarse a la cocina y encontró a su madre a punto de sacar un asado del horno. Si había algo que a Marlene Lassiter le gustara hacer por encima de todo era cocinar, y aunque los Lassiter podían permitirse contratar a un chef de primera categoría, ella siempre había insistido en preparar la comida. Únicamente desistía de hacerlo cuando se celebraba una fiesta o un banquete en el rancho.

–¿Cuándo vuelven Hannah y Logan del Caribe? –preguntó, quitándole los guantes para sacar el asado–. Creía que solo iban a estar una semana de crucero.

–Volvieron del crucero anoche, pero van a pasar unos días en Nueva Orleans antes de volver a Cheyenne –explicó su madre, sonriendo. Obviamente estaba muy satisfecha de que se hubieran quedado a cenar cuando regresaron con Cassie después de su excursión semanal a por helados.

Viendo cómo su madre ultimaba el asado con patatas y zanahorias, Chance decidió que era el momento de dejar las cosas claras de una vez para siempre.

–Siento curiosidad por una cosa, mamá.

–¿De qué se trata, cariño? –le preguntó ella mientras troceaba una lechuga para la ensalada.

–¿Por qué no me hablaste de Hannah hace años en vez de esperar hasta que apareció hace un par de meses?

Su madre ahogó un gemido, dejó de cortar la lechuga y se volvió hacia él.

–Sé cómo te sientes, pero así tenía que ser. La madre de Hannah no quería que conociera a los Lassiter ni tuviera nada que ver con nosotros. Y yo tuve que respetar su decisión aunque no estuviera de acuerdo, Hannah era su hija, no mía.

–Eso me dijiste cuando conocimos a Hannah. Pero ¿por qué su madre no quería que nos conociera?

Marlene lo miró un momento antes de hablar.

–Supongo que ya no pasa nada por decírtelo –suspiró–. Ruth Lovell era una mujer muy egoísta y estaba profundamente resentida. Quería que tu padre me dejara y se casara con ella. Cuando él le dijo que eso no iba a pasar, se negó a que Hannah supiera nada de nosotros –sacudió tristemente la cabeza–. Los que más sufrieron por su decisión fueron tu padre y Hannah. Él solo pudo verla unas pocas veces, y ella era demasiado pequeña para saber quién era.

–¿Papá nunca intentó conseguir su custodia? –si hubiera estado en el lugar de su padre habría movido cielo y tierra para estar con su hija.

Marlene asintió.

–Tu padre lo consultó con varios abogados, pero por aquel entonces un hombre casado que intentara conseguir la custodia de un hijo nacido de una aventura extramatrimonial no tenía ni de lejos los mismos derechos que hoy.

Chance vaciló un instante, pero ya que su madre había sacado el tema de la infidelidad de su padre iba a formularle la pregunta que llevaba atormentándolo desde que supo lo de Hannah.

–¿Por qué te quedaste con él después de que

te engañara con otra mujer? ¿No te dolió lo que había hecho?

Su madre se quedó unos instantes mirando al infinito, sumisa en los recuerdos.

—Cuando Charles me confesó su aventura con Ruth Lovell, me quedé destrozada. Él era el amor de mi vida y me había traicionado —miró fijamente a Chance—. Y no pienses que para mí fue fácil quedarme con él o perdonarlo y volver a confiar en él. No lo fue. Me costó muchísimo aceptar que tu padre había cometido un error del que se arrepentía con todo su corazón.

—¿Qué te hizo darle otra oportunidad? —le preguntó Chance. Seguía sin comprender los motivos de su madre para quedarse con un hombre que la había engañado.

—Me di cuenta de que estaba tan destrozado como yo por lo que había hecho —Marlene se giró de nuevo hacia la ensalada—. Solo vi llorar a tu padre dos veces en su vida… el día que tú naciste y el día que me habló de su aventura.

—Pero ¿cómo pudo hacerte algo así? —insistió Chance.

—En aquel tiempo los jinetes no volvían a casa después de un rodeo —dijo Marlene, colocando la ensalada en la mesa—. Tenían que desplazarse de uno a otro si querían ganar algún dinero, por lo que a menudo se pasaban varias semanas fuera de casa. Tu padre se sintió solo y Ruth estaba allí para suplir mi ausencia –se encogió de hombros–. Sospecho que el alcohol también influyó, porque después de aquello tu padre no volvió a beber.

–Eso no es excusa para acostarse con otra mujer.

–Era un hombre, Chance –sonrió tristemente–. Y los hombres cometen errores. Algunos se pueden corregir. Otros no –le puso la mano en el brazo y lo miró a los ojos–. Sé cuánto adorabas a tu padre y lo decepcionado que te quedaste al descubrir que no era perfecto. Pero recuerda esto, hijo mío: solo fue una aventura pasajera y yo nunca habría sabido nada si él no me lo hubiera contado.

–¿Por qué te lo contó? –Chance frunció el ceño–. Podría haber mantenido la boca cerrada y no haberte hecho pasar por aquel trauma.

Marlene asintió.

–Es cierto. Pero tu padre era un hombre honesto y no habría podido vivir en paz si no me lo hubiera contado y suplicado perdón –abrió el armario y le tendió varios platos a Chance–. Quiero que pienses en el valor que necesitó para confesarlo. Se arriesgó a perder todo lo que amaba, pero no podía vivir con un secreto así entre nosotros –le puso la mano en la mejilla–. No permitas que aquel error cambie los recuerdos que tienes de él. Era el hombre bueno y honrado que tú siempre has creído.

Chance se dio cuenta de que su madre no solo se estaba refiriendo a su padre. Le estaba diciendo que no permitiera que el error de su padre afectara sus decisiones.

Mientras ponía la mesa y avisaba a Fee y Cassie de que la cena estaba lista, pensó en lo que su madre le había dicho. Era cierto que su padre había cometido un grave error. Pero también era cierto que había hecho lo correcto al sincerarse e intentar arreglar las cosas, aunque pudiera haberle costado su matrimonio. Para hacer algo así se necesitaba una gran dosis de honestidad y coraje.

Se detuvo en la puerta del salón y observó a Chance y a su sobrina jugando con las muñecas. ¿Había sido demasiado duro al juzgar a su padre? ¿Había empleado el pecado de Charles Lassiter como excusa para evitar enamorarse?

Fee lo miró y le sonrió, y a Chance se le detuvo el corazón. Podía ver su futuro en los ojos de Fee, y tuvo el presentimiento de que si no encontraba rápido las respuestas a sus preguntas podría arrepentirse el resto de su vida.

Cuando volvieron a casa después de cenar con Marlene y Cassie, Fee pensó que debería dedicarse a repasar sus notas e intentar convencer a Chance de que representara a su familia. Llevaba varios días sin pensar en la campaña, en su anhelado ascenso ni en la vida que llevaba en Los Ángeles.

¿Por qué ya no le interesaban esas cosas? Un par de semanas antes solo podía pensar en convertirse en la vicepresidenta de relaciones públicas de la empresa. Pero en los últimos días todo parecía haber perdido su atractivo.

–Gracias por ser tan paciente con Cassie –le dijo Chance al entrar en casa–. Es increíble la cantidad de preguntas que puede hacer una niña de cinco años.

–Me lo paso muy bien con ella –le aseguró Fee con una sonrisa, olvidándose de sus inquietudes por haber perdido el interés en su ascenso. Era mucho más gratificante pensar en la sobrina de Chance y en lo mucho que había disfrutado jugando con ella y sus muñecas–. Cassie es una niña muy curiosa con una imaginación desbordada.

Chance se rio.

–Bonita manera de decir que es difícil.

–Podría decir lo mismo de su tío –bromeó Fee mientras subían la escalera.

Al llegar a la habitación de Chance, él la hizo entrar y cerró la puerta.

–Te demostraré lo difícil que puedo ser –le susurró al oído, y la besó con una pasión desesperada. La deseaba tanto como ella a él–. Ha sido una tortura estar viéndote durante la cena y no poder tocarte –la besó en el cuello y debajo de la oreja–. Solo podía pensar en traerte a casa.

–¿Y qué pensabas hacer cuando estuviéramos aquí? –preguntó ella. El corazón le latía a un ritmo frenético y apenas podía respirar.

–Esto, para empezar –le sacó la camiseta verde de los vaqueros y se la quitó, para a continuación hacer lo mismo con el sujetador. Se llenó las manos con sus pechos y la besó en un pezón–. Y esto –añadió, besando el otro pezón.

Fee no pudo contenerse y le abrió la camisa con un fuerte tirón. Se la retiró de los hombros y le recorrió el pecho desnudo con las manos.

–Me encanta tu cuerpo… –pasó los dedos sobre los abdominales marcados–. Es perfecto.

–El cuerpo de un hombre tiene demasiados defectos –repuso él con voz profunda–. Las curvas de una mujer, en cambio, vuelven loco a un hombre –le llevó las manos hasta los costados y las caderas–. Esto sí que es un cuerpo perfecto, cielo…

Le desabrochó los vaqueros mientras la miraba fijamente. El fuego y la promesa que ardían en sus ojos verdes le provocaron un estremecimiento de emoción. Chance no necesitaba a una mujer cualquiera. La necesitaba a ella. La certeza avivó su deseo e, incapaz de permanecer pasiva, le desabrochó el cinturón y el botón de los vaqueros.

Ninguno dijo nada mientras se desnudaban el uno al otro. Las palabras eran innecesarias. Los dos querían lo mismo… perderse en el placer de fundirse en un solo cuerpo.

Chance la levantó y Fee le rodeó la cintura con las piernas. Él se apoyó de espaldas en la pared y la hizo descender sobre su erección. Fee echó la cabeza hacia atrás mientras su cuerpo lo recibía. La sensación era tan deliciosa que casi la hizo perder el sentido.

De inmediato Chance comenzó a imprimir un ritmo enloquecedor que le desató una corriente de fuego líquido por las venas. Fee se sintió empujada hacia el clímax, y aunque intentó prolongar lo más posible las sensaciones, la escalada de placer terminó estallando con una fuerza demoledora. Oyó a Chance gritando su nombre mientras empujaba dentro de ella por última vez. La sujetó con fuerza y se estremeció violentamente, sacudido por la intensidad del orgasmo.

Poco a poco volvieron a la realidad, pero de repente Chance se quedó completamente rígido, maldijo entre dientes y la dejó en el suelo.

–Lo siento muchísimo, Fee –cerró los ojos y sacudió la cabeza como si hubiera hecho algo horrible.

–¿Por qué lo sientes? –le preguntó, repentinamente asustada.

Él abrió los ojos y la miró con expresión arrepentida.

–Estaba tan caliente y te deseaba tanto que he olvidado ponerme un preservativo.

Fee se quedó tan aturdida que tuvo que sentarse en la cama para no desplomarse. Nunca se había enfrentado a la posibilidad de quedarse embarazada.

–No puedo creerlo…

Agarró la colcha y se envolvió con ella. Las probabilidades de que se quedara embarazada habiéndolo hecho una sola vez sin protección eran muy pocas. Recordó haber leído que solo había un veinte o treinta por ciento de éxito cuando una pareja lo intentaba sistemáticamente. El porcentaje debía de ser por fuerza mucho menor cuando solo se hacía sin protección una vez. Pero las estadísticas no siempre acertaban…

–Mírame, Fee –Chance se había puestos los calzoncillos y estaba arrodillado frente a ella. La agarró de las manos y sacudió la cabeza–. Lo siento, cielo. Ha sido culpa mía y asumo toda la responsabilidad.

Ella lo miró y también sacudió la cabeza.

–No puedo dejar que cargues con toda la culpa. Yo soy tan responsable como tú.

Él la miró como si estuviera calculando las probabilidades.

–No creo que te quedes embarazada habiéndolo hecho solo una vez –respiró hondo y le apretó las manos–. Pero si es así, te juro que estaré a tu lado en todo momento.

–Seguro que no lo estoy –murmuró ella, distraída.

¿Qué le ocurría? ¿Por qué no había experimentado una reacción mayor? ¿Estaría bajo un choque emocional?

Antes de que pudiera analizar sus sentimientos, Chance la colocó en el centro del colchón, se quitó los calzoncillos y se tumbó a su lado. Los tapó a ambos con la colcha y la apretó contra su pecho para besarla en la cabeza y acariciarle la espalda.

–¿Puedo preguntarte algo, Fee?

Ella seguía intentando explicarse su reacción y se limitó a asentir.

–Ya sé que nuestro trato era que te quedaras dos semanas, pero me gustaría que te quedaras conmigo hasta que vuelvas a Los Ángeles. Para entonces ya sabremos con seguridad si estás embarazada.

–Está bien.

No quería regresar a la casa alquilada de Lassiter Media. Por un lado echaría terriblemente de menos a Chance, y por otro no quería estar sola mientras esperaba para saber si estaba o no embarazada.

–Hay otra cosa que me gustaría saber… –dijo él, carraspeando.

–¿El qué?

–¿Tanto te importaría tener un hijo mío? –le preguntó en voz baja y serena.

Ella echó la cabeza hacia atrás y observó sus atractivos rasgos mientras intentaba formular una respuesta. ¿Cómo podía explicarle lo que ni ella misma entendía? Un motivo por el que le costaba aceptar la situación era que la idea de estar embarazada no le provocaba tanto pavor como el que le hubiera provocado dos semanas antes.

–Preferiría no estar embarazada –dijo finalmente, intentando ser lo más honesta posible–. Pero si lo estoy, la respuesta es no. No me importaría en absoluto que fueras el padre de mi hijo.

Sentado en una bala de heno en el establo, Chance se miraba la punta de las botas con los codos en las rodillas. Se merecía que le dieran una paliza. Nunca, ni siendo un joven con las hormonas desatadas, se había olvidado de usar protección. J.D. había sido muy claro con aquel punto cuando Chance y sus dos primos llegaron a la pubertad.

¿Qué había cambiado la noche anterior? ¿Por qué había perdido el control con Fee cuando nunca antes lo había perdido con nadie?

Con ella debería haber tenido un cuidado especial. Porque, por mucho que hubiera intentado impedirlo, Fee significaba para él más que su propia vida.

El corazón le dio un vuelco y sintió que se quedaba sin aire. Era lo último que se hubiera esperado, pero se había enamorado de ella.

Mientras intentaba recuperar el aliento se dio cuenta de que había sido un completo idiota y de que Gus tenía razón. Fee no era una mujer con la que se pudiera tener una simple aventura. Era el tipo de mujer que un hombre querría tener no solo en su cama, sino en su corazón y en su vida. Para siempre.

¿Qué iba a hacer él al respecto? ¿Qué podía hacer al respecto?

Sabía que ella sentía algo por él. De lo contrario no se habría acostado con él ni habría accedido a prolongar su estancia en el rancho. Pero le había dejado muy claro que no buscaba una relación seria. Si resultaba estar embarazada no habría más remedio que tener una relación, pero eso no significaba que ella tuviera que casarse con él, ni él esperaría que lo hiciera. Dos personas solo debían casarse por amor, no porque hubiera un bebé en camino.

Soltó una exclamación de asombro. ¿De verdad estaba pensando en el matrimonio?

Al pensarlo bien no se sintió seguro de querer hacerlo. Aún no había perdonado del todo la infidelidad de su padre, a pesar de que su madre sí lo hubiera hecho. Si un hombre como Charles Lassiter podía traicionar a su mujer, ¿qué garantizaba que Chanche no hiciera lo mismo?

Alzó la mirada y vio a Fee caminando hacia él por el pasillo del establo. Y entonces tuvo su respuesta: antes moriría que traicionar o hacerle daño a Fee. Si alguna vez se veía frente a la tentación, se apartaría inmediatamente.

Pero aún no iba a decírselo. Antes tenía que pensarlo a fondo y hacer unos cuantos planes.

—¿Has terminado de ayudar a Gus a recogerlo todo? —le preguntó, sin poder dejar de sonreír.

—Ya se ha retirado a su habitación para ver el partido… —lo miró con expresión curiosa—. Pareces muy contento. ¿Qué ha ocurrido?

Llegó a su lado y él le dio una palmada en el muslo.

–Siéntate, cielo. Hay algo que quiero preguntarte.

Ella se sentó en su pierna y le rodeó los hombros con los brazos.

–¿El qué?

–Quería preguntártelo el otro día cuando recogí las entradas, pero se me olvidó cuando fuimos a comer con Jenna y Dylan al Lassiter Grill –le dio un rápido beso–. ¿Te gustaría ir conmigo a la final del rodeo de Frontier Days?

–Suena divertido –dijo ella, sonriendo–. Nunca he estado en un rodeo.

Parecía tan contenta que Chance haría cualquier cosa por complacerla.

Respiró hondo y le puso un dedo bajo la barbilla para que lo mirase a los ojos.

–Los dos sabemos que no me gusta ser el centro de atención –dijo, eligiendo con mucho cuidado sus palabras–. Simplemente no es lo mío. Soy feliz en el rancho, haciendo lo que se me da mejor… ocuparme del ganado y discutir con Gus. Pero he estado pensando, y si de verdad quieres que sea el representante de la familia Lassiter, estoy dispuesto a serlo siempre y cuando nos limitemos a sacar unas cuantas fotos y grabar uno o dos vídeos.

–¿Lo dices en serio? –exclamó ella, echándole los brazos al cuello–. ¿Vas a hacer mi campaña?

–Sí, voy a hacerla –afirmó, encantado con su abrazo. Y cuando ella lo besó hasta dejarlos a ambos sin aliento, Chance decidió que haría todo lo que le pidiera, incluso subirse desnudo a una valla de espino.

–Volvamos a casa –dijo ella. Se levantó y lo agarró de la mano.

–¿Por qué? Creía que te apetecería salir a montar.

Ella lo miró como si fuera tonto.

–¿Vas a decirme que prefieres salir a montar en vez de hacer otra cosa conmigo?

–No, señorita.

–Ya me imaginaba –murmuró, riendo mientras él la llevaba hacia la casa.

Capítulo Ocho

Una semana después de que Chance le hubiera dicho que haría la campaña, Fee no se sentía todo lo entusiasmada que debería estar. Había programado el rodaje del primer vídeo para la semana siguiente, había reservado el espacio para los anuncios e iba camino de convertirse en vicepresidente de Lassiter Media. ¿Por qué, entonces, no estaba dando saltos de alegría?

Sabía muy bien por qué. Su tiempo en Wyoming se acercaba a su fin, y cuando el técnico volviera a Los Ángeles para montar el material, ella volvería con él. Se le formó un nudo en la garganta y, por primera vez en su vida, entendió las decisiones que había tomado su madre años atrás. Separarse de Chance iba a ser lo más difícil que hubiera tenido que hacer en su vida.

Parpadeó con fuerza para contener las lágrimas y decidió no pensar en ello. Se enfrentaría a la situación al final de la próxima semana. Hasta entonces estaba con Chance y no iba a desperdiciar ni un solo segundo.

Sentada en la grada junto a Chance, devolvió la atención al hombre que echaba el lazo a los novillos a lomos de un caballo. Cuando conseguía atrapar uno, desmontaba de un salto, veloz como un rayo ataba tres patas del novillo y esperaba a ver si el animal permanecía amarrado un tiempo específico. Era interesante ver la rapidez con que los vaqueros completaban la tarea y el nivel de habilidad que poseían.

Miró a Chance y sonrió. Le había contado la historia de los Frontier Days, explicándole cómo los vaqueros ganaban premios en metálico y también puntos para clasificarse para las Finales Nacionales de Rodeo, y respondiendo pacientemente sus preguntas. A Fee le resultaba todo fascinante, y hasta el momento le encantaba todo lo que veía.

–¿Qué viene ahora? –preguntó, impaciente.

–Caballo con montura –le señaló los caballos broncos que esperaban en los cajones de salida–. Es una de las disciplinas en las que competía mi padre.

–Por lo que me ha contado Gus, parece que tu padre tuvo mucho éxito en esta y otra disciplina.

Chance asintió.

–También competía en la disciplina de caballo con pretal –sonrió con orgullo–. Fue campeón mundial en ambas disciplinas varias veces antes de retirarse.

–¿Con qué edad se retiró?

–Treinta y seis años –respondió él, mirando la cabina de prensa situada delante de la otra grada.

–¿Qué ocurre?

–Nada, solo quería ver quién estaba detrás de las cámaras este año. Lassiter Media ofrece su equipo audiovisual todos los años, y miraba a ver si conocía a los técnicos.

–No sabía que esas pantallas tan grandes pertenecieran a la empresa –dijo ella, fijándose por primera vez en las pantallas gigantes instaladas sobre grandes tráilers.

Él asintió y miró su reloj.

–La empresa ha ofrecido el uso de su equipo para los rodeos desde que puedo recordar.

–Lo tendré en cuenta –dijo ella pensativamente.

Chance volvió a mirar la hora y ella frunció el ceño.

–¿Tienes que ir a algún sitio?

–No, no –sonrió–. Solo estaba pensando que ya es hora de ir a por algo de comer.

–¿Se puede saber dónde metes todo lo que comes? –al llegar se habían detenido en el puesto ambulante y se habían atiborrado de la deliciosa comida con que antaño se alimentaban los vaqueros en el viejo Oeste–. Estoy llena a reventar.

–He quemado bastantes calorías en las últimas semanas –le recordó él con una sugerente sonrisa–. Sobre todo por la noche.

–Olvida lo que he dicho –concedió ella, riendo.

Uno de los cajones se abrió y un caballo con un jinete a cuestas saltó al ruedo. El animal brincaba y corcoveaba furiosamente intentando tirar al vaquero. Mucho antes de los ocho segundos reglamentarios, el desafortunado vaquero dio con sus huesos en el suelo mientras el caballo seguía dando saltos y cabriolas alrededor del ruedo.

–No ha obtenido ningún punto por eso, ¿verdad? –le preguntó Fee a Chance.

–No. No obtendrá ni puntuación ni dinero –respondió él. Volvió a mirar su reloj y se levantó–. Mientras sigues viendo la competición, creo que iré a por un pincho o una cesta de nachos. ¿Quieres que te traiga un perrito o algo?

–No, gracias. Pero antes de que te vayas a lo mejor podrías explicarme una cosa.

–Claro. ¿Qué quieres saber?

–¿Por qué a los hombres y a los niños les gusta su comida pinchada en un palo?

Él se rio y se inclinó para besarla en la mejilla.

–Cielo, la buena comida siempre viene pinchada en un palo, y así sabe mejor. Lo mismo puede decirse de la comida en un rodeo.

–Si tú lo dices… –no podía creerse la cantidad de cosas que había visto untadas en mantequilla, fritas y ensartadas en un palo aquel día. En un puesto había visto hasta un letrero anunciando pinchos de helado frito.

–Vuelvo enseguida.

–Aquí te espero.

Fee devolvió la atención al ruedo, impresionada con el tiempo que podían permanecer la mayoría de los vaqueros a lomos de un caballo salvaje. Ella no duraría más de un segundo…

Cuando el presentador anunció que la disciplina de caballo con montura se había terminado y que en breves momentos empezaría la de caballo con pretal, Fee se recostó en el asiento a esperar a Chance. ¿Por qué tardaba tanto? No tenía que buscar mucho para encontrar un pincho.

–Disculpa, querida –le dijo una anciana de pie a su lado–, ¿te importa dejarme pasar?

–Claro que no –respondió Fee, sonriendo, y se levantó para permitir que pasara ante ella.

–Gracias, querida –la anciana suspiró–. Mi nieto quería otro refresco y…

En ese momento Fee oyó que pronunciaban su nombre por megafonía. No había prestado atención mientras hablaba con la mujer, pero al levantar la mirada no pudo creerse lo que veían sus ojos. La imagen de Chance llenaba la pantalla y se estaba dirigiendo a ella delante de miles de desconocidos.

–... ¿Quieres casarte conmigo?

Fee no había oído el comienzo del mensaje, pero tampoco hacía falta. Chance le estaba pidiendo que se casara con él. ¿Por qué? ¿Y por qué lo hacía delante de todo el mundo?

Semanas antes le había dejado muy claro que no buscaba nada serio. Fee sabía que la deseaba y que sentía afecto por ella, pero en ningún momento le había dicho que la amara.

Y entonces supo por qué lo hacía. No porque estuviese enamorado de ella, sino porque se sentía obligado a hacerlo ante la posibilidad de que estuviera embarazada. ¿Qué podía haber más humillante que sorprenderla con una propuesta de matrimonio ante una multitud expectante cuando el único propósito de Chance era aliviar su conciencia?

La cámara hizo un barrido por el público hasta localizarla, y Fee ahogó un grito al verse en las pantallas gigantes a cada lado de las gradas. Por unos segundos se quedó de piedra, como una liebre cegada por los faros de un coche, y cuando el público empezó a corear «di que sí», el pánico la invadió. Tenía que salir de allí. Necesitaba tiempo para pensar, y un estadio a rebosar no era el mejor lugar para hacerlo.

Bajó corriendo los escalones de la grada sintiendo que le faltaba el aire. Se había enamorado de Chance a pesar de sus esfuerzos por impedirlo, y si él la amase, aquel gesto le habría parecido encantador y habría considerado seriamente la posibilidad de ser su mujer. Pero Fee se negaba a casarse con un hombre que solo le ofrecía el matrimonio por un embarazo inesperado.

Ella no era su madre. No iba a casarse porque un hombre se sintiera obligado a hacerlo o porque intentase enmendar un error. Quería que Chance la amase tanto como ella lo amaba.

Sacó el móvil del bolso. Las manos le temblaban tanto que casi se le cayó mientras llamaba para pedir un taxi. De camino a la salida decidió no volver a la casa de Lassiter Media. Era el primer lugar donde Chance la buscaría, y en aquellos momentos él era la última persona a la que quería ver.

De modo que iría directamente al aeropuerto y sacaría un billete para el primer vuelo a Denver, donde tomaría otro vuelo con destino a Los Ángeles. Allí podría pensar con calma e intentar olvidar al vaquero que le había roto el corazón.

A Chance se le cayó el alma a los pies al ver la expresión de Fee mientras salía corriendo como si la persiguieran una jauría de perros salvajes. No solo estaba evitando las cámaras; estaba huyendo. Adónde, Chance no lo sabía, pero estaba seguro de que no la encontraría en el estadio ni en sus proximidades.

Fue al puesto de seguridad para cerciorarse de que no se había equivocado. Uno de los guardias lo reconoció y, compadeciéndose de él, le puso la cinta en la que se veía a Fee saliendo a toda prisa por la salida este. Chance le dio las gracias y se subió a su camioneta sintiéndose como un estúpido. Había superado todos sus escrúpulos siendo el centro de atención, diciéndole que la amaba y pidiéndole que se casara con él delante de miles de personas, y ella le había arrojado su propuesta a la cara.

Le había dicho lo incómodo que se sentía delante de una cámara. ¿No podía ver lo que significaba aquel gesto? Al declararse en público le estaba demostrando que su amor era sincero.

Condujo hacia la casa de alquiler. Era inútil buscarla en el rancho. El Big Blue era el último lugar al que Fee querría ir.

Al pensar que no quería estar con él se sintió como si le hubieran arrancado el corazón. Pero cuando finalmente entró en la calle donde estaba la casa de Lassiter Media, sacudió la cabeza y se rindió a la evidencia. ¿Qué se había esperado?

Aparte del sexo tenían muy poco en común. Ella era una chica de ciudad que le había dejado muy claro que su prioridad era ascender en su carrera, no tener a un hombre en su vida. Y él era un chico de campo que prefería pasar las noches contemplando el cielo estrellado que ver elevarse la luna sobre los rascacielos de Los Ángeles.

Se bajó de la camioneta y llamó a la puerta. El coche de alquiler seguía en el camino de entrada, pero Fee no respondió y Chance volvió a la camioneta para esperarla. O estaba dentro y no quería abrirle o estaba en otra parte.

Pero al cabo de varios minutos arrancó el motor y se marchó. No importaba dónde estuviera. Le había dejado muy claro lo que para ella era importante. Y no era él.

–Mamá, el tío Chance dice que Fee ha abandonado a un niño –dijo Cassie, entrando como una exhalación en casa de Hannah y Logan después de tomarse su helado semanal con Chance.

Su hermana y su cuñado fueron a recibirlos y Hannah le echó una mirada inquisitiva a Chance.

–El nido –corrigió él–. Que ha abandonado el nido.

–Sí, eso –dijo Cassie, frunciendo el ceño–. Hoy iba a decirle que he decidido llamarla tía Fee.

–Quizá puedas decírselo en otro momento, cariño –la consoló Hannah sin apartar la mirada de Chance–. ¿Logan?

Logan Whittaker, tan perspicaz como siempre, asintió.

–Cassie, ¿qué te parece si vamos a ver la película de dibujos animados que te compró la abuela Marlene? Creo que tu madre quiere hablar con el tío Chance –le hizo un gesto con la cabeza a Chance mientras se llevaba a Cassie al salón–. Mi mujer es increíble. No hay nadie como ella para ayudarte a ver tus errores.

–¿Mis errores? –repitió Chance con el ceño fruncido.

–El noventa y nueve por ciento de las veces es culpa del hombre, créeme.

–Vamos a la cocina y prepararé un poco de café –dijo Hannah–. Tienes un aspecto horrible. ¿Has dormido bien?

–No mucho –entraron en la cocina y Chance se sentó mientras su hermana preparaba el café–. No hay nada que contar, Hannah. Yo estoy aquí y Fee no. Fin de la historia.

Apreciaba la preocupación de su hermana, pero se había pasado en vela las tres últimas noches preguntándose cómo podía haberse equivocado tanto con Fee. Había llegado a convencerse de que sentían lo mismo el uno por el otro, pero si así fuera ella no lo habría dejado plantado en el rodeo con cara de tonto.

–¿Por qué no me cuentas lo que ha pasado y vemos si hay solución? –le sugirió Hannah, sentándose frente a él–. Marlene me dijo que Gus le había dicho que fuiste al rodeo con Fee y que volviste sin ella.

Chance soltó un gemido. Tendría que haberse imaginado que Gus pondría a todo el mundo al corriente.

–Le pedí a Fee que se casara conmigo y me rechazó.

–Lo sé. Si Marlene no me lo hubiera contado, lo habría leído en la prensa –le sonrió compasivamente–. No todos los días un Lassiter se declara y es rechazado delante de una multitud.

–Sí, no fue muy agradable, la verdad –murmuró él.

–Cuéntamelo todo desde el principio, Chance. ¿Qué ocurrió entre mi banquete de boda y tu petición de matrimonio?

Chance le habló del trato al que había llegado con Fee para que se quedara en el Big Blue.

–Visto en perspectiva, no fue una de mis mejores ideas.

–No me digas… –se mofó Hannah en tono sarcástico–. Si no fueras mi hermano juraría que eres una víbora con botas. Por cómo lo cuentas parece que estabas planeando seducirla más que intentar convencerla de que no eras el hombre adecuado para hacer su campaña.

–Tienes razón –se pasó una mano por la cara–. Me doy cuenta ahora, pero al principio no buscaba nada serio y ella me dejó claro que tampoco quería una relación. Pensaba que podríamos divertirnos un poco y que luego cada uno seguiría su camino.

Hannah meneó la cabeza.

–Pero te salió el tiro por la culata, ¿no? Te enamoraste de ella...

Chance asintió y tomó un sorbo del café que Hannah le había servido. No le apetecía tomárselo, pero no quería herir sus sentimientos. Ya había causado bastante dolor últimamente. En los dos últimos meses había hecho sufrir a su madre porque no le hubiese hablado antes de Hannah, a Cassie por decirle que Fee se había marchado y a Fee por pedirle que se casara con él. Empezaba a pensar que tenía un serio problema con las mujeres.

–¿Te enamoraste de ella pero ella no? –insistió Hannah cuando él permaneció en silencio.

–Sinceramente, no lo sé. Creía que sentía lo mismo que yo, o al menos se comportaba como si me quisiera. Pero está claro que no es así.

–¿Nunca te han dicho lo difícil que es sonsacarte la información? –se quejó Hannah–. ¿Qué te hizo pensar que te amaba? ¿Y le dijiste tú a ella que la amabas?

–No se lo dije hasta justo antes de pedirle que se casara conmigo –respondió él, mirando su taza de café.

–¿Y qué dijo?

–No sé lo que dijo, porque no estábamos juntos.

–¿Cómo que no estabais juntos? –preguntó ella, cada vez más confusa–. Dime que no te declaraste por teléfono o con un mensaje de texto…

–No, no soy tan estúpido –le contó lo que había hecho en el rodeo, y mientras lo hacía se dio cuenta de que debería haberse declarado con antelación y en privado–. Puede que no fuera el mejor momento.

–Dios mío, Chance… –murmuró ella con voz ahogada–. ¿De verdad era la primera vez que se lo decías? Creía que te habías declarado antes.

Él asintió y acabó su café.

–Ya te digo que no estuve muy acertado.

–La primera vez que un hombre le dice a una mujer que la quiere es un momento muy especial para ella –dijo Hannah lentamente, como si eligiera las palabras con mucho cuidado–. No siempre se quiere tener un público multitudinario, y menos cuando la incitan a aceptar una proposición que no se esperaba.

—Sí, ya me di cuenta de eso cuando se marchó —meneó la cabeza y decidió que era mejor contárselo todo a Hannah—. Hay algo más…

Su hermana asintió.

—Me lo imaginaba. Cuéntame.

Chance respiró hondo.

—Es solo una posibilidad, pero Fee podría estar embarazada.

—Ahí está el problema… No es que Fee no te quiera, Chance.

—Claro, ¿cómo no va a quererme? —preguntó él con sarcasmo—. No sé ni declararme a una mujer sin fastidiarlo todo.

—No seas tan duro contigo mismo —le puso la mano sobre la suya—. Fue un gesto muy bonito, y en otras circunstancias todo habría salido como pretendías. Pero no me sorprendería nada que Fee pensara que te has declarado solo por la posibilidad de que esté embarazada.

Chance también lo había pensado, pero no era el caso.

—Eso no tuvo nada que ver con mi decisión.

Se había dado cuenta de que la amaba la noche que cenaron en casa de su madre. Pero Fee no lo sabía, y si había una posibilidad de convencerla tal vez aún tuvieran una oportunidad.

Permaneció callado y los ojos de Hannah brillaron de excitación.

–Vas a ir a Los Ángeles, ¿verdad?

–Lo estoy pensando –murmuró él, sintiéndose más animado que en los últimos tres días.

Hannah se levantó y rodeó la mesa para abrazarlo.

–Solo hace un par de meses que nos conocemos, pero eres mi hermano y quiero que seas feliz. Tienes que dar este salto de fe, Chance. Si no lo haces, nunca sabrás lo que podría haber sido.

–Gracias por el consejo, Hannah –también él la abrazó–. Al principio me costaba aceptar que nuestro padre hubiese tenido una aventura con tu madre. Pero si no lo hubiera hecho no os tendría ni a ti ni a Cassie en mi vida. Y eso es algo que no cambiaría por nada.

–Sé lo que quieres decir. A mí también me costó mucho perdonar a mi madre por no decirme que tenía una familia. Pero la única forma de avanzar hacia el futuro es dejando atrás el pasado… Y hablando de futuro, hay algo que tienes que hacer.

–Sí, supongo que sí –aceptó él lentamente.

Hannah agarró el teléfono y se lo tendió.

–Llama al hangar de los Lassiter y pide que te lleven a Los Ángeles en el avión de la empresa. Vas a tener que arrastrarte a sus pies –se rio–.

Pero si te abstienes de hacer más declaraciones a lo grande delante de miles de personas, tal vez tengas otra oportunidad con Fee.

Chance sacudió la cabeza.

–Tenías que volver a sacar el tema, ¿no?

–Pues claro –le sonrió–. Es lo que hacen las hermanas.

–¿El qué?

Ella volvió a reírse mientras Chance marcaba el número.

–Recordarles a sus hermanos las tonterías que hacen.

Capítulo Nueve

–Hola, Becca –saludó Fee a su amiga–. Gracias por venir.

–¿Qué ocurre, Fee? –le preguntó con preocupación–. Parecías muy agobiada cuando me llamaste. ¿Va todo bien?

Fee negó con la cabeza.

–La verdad es que no.

–Debe de ser algo grave, si me has pedido que viniera a tu casa en vez de quedar a comer por ahí –se sentó en el sillón que estaba junto al sofá de Fee.

Becca Stevens era la directora de la Fundación Benéfica Lassiter y le había pedido varias veces ayuda a Fee para publicitar las recaudaciones de fondos. Con el tiempo se habían hecho muy buenas amigas, y con frecuencia compartían los altibajos de sus carreras profesionales y de sus vidas personales.

–Es probable que deje Lassiter Media dentro de unas semanas –le dijo Fee, acurrucándose en un extremo del sofá.

–¿Por qué? –Becca se enderezó en el sillón, claramente sorprendida–. Creía que te encantaba tu trabajo.

–Y me encanta. Pero después de mi viaje a Wyoming creo que es hora de pasar página.

–¿Qué ha pasado en Wyoming? –la miró con los ojos entornados–. Has conocido a un hombre, ¿verdad?

–Sí… Pero he roto las reglas.

–¿De qué reglas estás hablando?

–Las mías. Intimé más de la cuenta con alguien y… bueno, es hora de cambiar –no quería entrar en detalles. Explicárselo todo sería muy doloroso.

Becca se recostó en el sillón y negó con la cabeza.

–Pero estás camino de convertirte en vicepresidenta de relaciones públicas… Es el puesto que siempre has querido.

–Con mi experiencia no creo que tenga problemas para encontrar trabajo en otro sitio –dijo Fee sin ningún entusiasmo. Le encantaba trabajar en Lassiter Media, y habría seguido haciéndolo si un vaquero fuerte y atractivo no le hubiera robado el corazón.

–Antes de hablar de tu futuro trabajo háblame del hombre con quien has intimado –le pidió Becca amablemente. Fee no dijo nada y Becca abrió los ojos como platos–. ¡Te has liado con un Lassiter!

A Fee se le llenaron los ojos de lágrimas al asentir.

–El sobrino de J.D.

–¿No trabaja para Lassiter Media? –Fee negó con la cabeza–. Entonces no veo dónde está el problema –frunció el ceño–. Y tampoco pasaría nada si trabajase para la empresa. Que yo sepa no hay ninguna política que prohíba relacionarse a los empleados.

–Es… complicado –murmuró Fee, sorbiéndose las lágrimas.

–¿Las cosas no han funcionado entre vosotros?

–No –cerró los ojos e intentó recuperar la compostura–. Sé que no sucederá a menudo, pero no quiero arriesgarme a encontrármelo en una fiesta de la empresa o en una de tus recaudaciones benéficas. Y por eso mismo he dejado que sea otra persona quien se ocupe de la campaña de la familia Lassiter.

–Lo entiendo –dijo Becca con una triste sonrisa–. Pero voy a lamentar mucho no poder contar contigo para la publicidad de la fundación Lassiter.

Fee se secó los ojos con un pañuelo. En los últimos días cualquier cosa la hacía llorar.

–Ya está bien de hablar de mí y de mis problemas. Cuéntame qué novedades ha habido este último mes.

–Aparte de que las donaciones son cada vez más escasas y que todo es por culpa de Jack Reed, no hay mucho que contar –respondió Becca.

–Es un tiburón muy peligroso. No me digas que ahora se ha propuesto hacerse con el control de las fundaciones benéficas.

–No exactamente –el bonito rostro de Becca reflejaba su disgusto–. Está comprando paquetes de acciones de Lassiter Media para lanzar una OPA hostil. Viendo cómo compra las empresas para luego venderlas por pedazos, nuestros donantes se han echado atrás y ya no son tan generosos como antes. Muchos de nuestros destinatarios evitan asociarse con Lassiter Media, especialmente por lo que está pasando con Angelica. Todo el mundo mira con recelo su reciente amistad con Jack. Me alegro de que su padre no esté vivo para ver lo que está haciendo. No se sentiría nada orgulloso.

–Es terrible –dijo Fee, preocupada por las noticias–. La fundación Lassiter ayuda a muchas personas. ¿La situación es muy grave?

–Si las cosas no cambian pronto, voy a tener que empezar con los recortes económicos. Pero no me rendiré sin luchar. Voy a hacerle una visita al señor Reed y a intentar por todos los medios que entre en razón.

–Espero que tengas éxito. He oído que es implacable y que solo le importan los beneficios.

Becca respiró hondo.

–No me conoce. Puedo ser tan despiadada como el que más si se trata de defender algo en lo que me he dejado la piel.

–Algo me dice que Jack Reed ha encontrado a su rival… –dijo Fee, obligándose a sonreír.

Becca miró su reloj y se puso en pie.

–Odio tener que marcharme, pero necesito preparar unas cosas para esa reunión con Reed.

Fee también se levantó y la abrazó.

–Gracias por haber venido a verme. Que tengas suerte y, por favor, mantenme al corriente de todo. Si hay alguien capaz de hacer entrar en razón a Jack Reed, esa eres tú.

–Yo también te deseo suerte, Fee. Me gustaría que cambiaras de opinión y te quedaras en la empresa, aunque te olvides de la campaña o del puesto de vicepresidenta. Voy a echarte mucho de menos.

–Seguiremos viéndonos para comer o cenar –le aseguró Fee–. Te avisaré cuando consiga otro empleo.

Abrió la puerta para despedir a su amiga, y el corazón casi se le salió por la boca al ver a Chance acercándose. Vestido con una camisa blanca, vaqueros, botas y su inseparable sombrero negro, no había ningún hombre que pudiera hacerle sombra.

–¿Quién es ese? –preguntó Becca, claramente impresionada. Fee no respondió y Becca la miró con ojos muy abiertos–. Es él, ¿verdad? –volvió a mirar a Chance–. No me extraña que hayas infringido las reglas… Es guapísimo –la abrazó de nuevo y le susurró al oído–: Que tengas suerte también con él.

Chance se tocó el ala del sombrero cuando Becca pasó a su lado y Fee sintió que sus ojos amenazaban con llenarse de lágrimas. ¿Cómo podía alegrarse tanto de verlo y al mismo tiempo sentirse tan desolada?

–Hola, Fee –la saludó al llegar a la puerta.

–¿Qué haces aquí, Chance? –consiguió preguntarle sin que le temblara demasiado la voz.

–Tenemos que hablar.

–No creo que sea buena idea –el corazón le latía frenéticamente. ¿Por qué no podía dejarla en paz para conservar lo poco que le quedaba?

–Yo sí lo creo –repuso él tranquilamente–. ¿Vas a invitarme a entrar o vamos a hablar en la puerta?

No le dio tiempo a responder. Le puso las manos en los hombros y la llevó hacia dentro, cerrando la puerta tras ellos. El calor de sus manos le provocó un hormigueo por la piel, acuciándola a separarse y poner distancia entre ellos. Si no acabaría dando una imagen patética arrojándose a sus brazos.

—¿Qué haces aquí? —volvió a preguntarle.

—He venido a que me des una respuesta.

—Creía que ya sabías cuál era cuando me marché de Cheyenne —dijo ella mientras las lágrimas afluían a sus ojos.

—En realidad me imaginé cuál era en cuanto te vi salir corriendo del estadio. Era difícil no verlo en una pantalla tan grande. Pero quiero que me lo digas a la cara —insistió, dando un paso hacia ella—. Quiero que me mires a los ojos y me digas que no me amas y que no quieres casarte conmigo.

Ella levantó una mano para detenerlo, para que no se acercara.

—Por favor, Chance, no hagas esto. No... no me hagas decirlo.

Él le mostró un DVD en el que Fee no se había fijado hasta entonces.

—Quizá deberíamos ver otra vez mi propuesta para que puedas ver la cara que se me quedó cuando saliste corriendo. Luego puedes darme una respuesta.

—¿Por qué haces esto? Tú no me quieres. Solo

177

me pediste que me casara contigo porque crees que puedo estar embarazada.

–En eso te equivocas, cielo. Te dije que te amaba antes de pedirte que te casaras conmigo.

Fee sintió que las piernas le temblaban y se sentó en el sofá antes de caer.

–No, no lo hiciste. Si lo hubieras hecho lo recordaría.

–Pensaba que quizá te hubieras perdido esa parte, y por eso he traído esto. Para demostrártelo –fue hacia el televisor e introdujo el DVD en el reproductor.

Una imagen de Chance junto a uno de los presentadores del rodeo apareció en la pantalla. El hombre estaba diciendo que alguien tenía un mensaje muy especial para una mujer del público. Fee vio cómo Chance respiraba profundamente antes de sonreír y mirar directamente a la cámara.

–Te quiero, Felicity Sinclair. ¿Quieres casarte conmigo?

Fee ahogó una exclamación al recordar a la anciana que la había distraído pidiéndole que la dejara pasar en la grada.

–No te oí decir que me querías… –se miró las manos, fuertemente entrelazadas en su regazo–. Solo oí tu pregunta.

–Te aseguro, cielo, que por nada del mundo

me habría puesto delante de la cámara con toda esa gente mirando si no te amara.

Fee pensó en todas las veces que le había dicho lo poco que le gustaba ser el centro de atención y se dio cuenta de que era sincero. La amaba de verdad.

–Lo siento, Chance… –se secó una lágrima de la mejilla–. Me entró el pánico.

Chance se puso en cuclillas delante de ella y le levantó la barbilla con el dedo.

–Admito que soy un tipo bastante tradicional. Pero no creo que un hombre y una mujer deban casarse solo porque haya un hijo en camino –dijo acariciándola.

–¿No? –le encantaba sentir su tacto, aunque solo fuera la punta del dedo en la barbilla.

–Creo que dos personas deben estar enamoradas y querer pasar juntas el resto de sus vidas antes de dar ese paso.

–¿Tú quieres pasar el resto de tu vida conmigo? –le preguntó, sintiendo cómo la esperanza renacía en su interior a pesar del terror que le inspiraba la idea del matrimonio.

–Sí –respondió él con firmeza y convicción–. Nunca imaginé que encontraría a una mujer sin la que no pudiera vivir. Una mujer que invadiera mis sueños y me hiciera arder de deseo. Pero entonces te vi en la boda de Hannah y Logan y todo cambió. Quiero pasar mi vida contigo, Fee. Quiero hacer el amor contigo todas las noches y despertarme cada mañana teniéndote en mis brazos. ¿Lo quieres tú también?

Ella se mordió el labio para detener sus temblores.

–Tengo miedo, Chance…

Él se sentó a su lado en el sofá y se la colocó en el regazo.

–¿De qué tienes miedo, Fee?

Su voz amable y profunda y su manera de abrazarla la tentaban poderosamente. ¿Se atrevería a confiar en que su amor por ella fuese tan fuerte como el que ella le profesaba? ¿Tendría el valor de dar el paso más importante de su vida?

–Tengo que contarte por qué estoy tan obsesionada con mi carrera y por qué me asusta tanto la idea de amar a un hombre…

–Puedes contármelo todo –la animó él, besándola en la sien–. Nada de lo que digas podrá hacer que deje de amarte.

–Cuando mi madre conoció a mi padre era una asesora financiera en una de las empresas más prestigiosa de Los Ángeles. Se enamoró de él y al poco tiempo se quedó embarazada de mí.

–¿Se casaron?

–Sí, pero no creo que lo hubieran hecho si mi madre no se hubiese quedado embarazada. Por lo que me contó mi abuela, mi padre no era la clase de hombre que se quedara mucho tiempo en un mismo sitio, y al final se cansó de cargar con una mujer y una hija. Cuando decidió marcharse ni siquiera se despidió. Se marchó y nos dejó en un motel barato de Arizona, sin dinero y sin manera de volver a California.

–¿Cómo volvisteis a casa? –le preguntó, apretándola con los brazos para consolarla.

–Mi abuela le envió dinero a mi madre para pagar un billete de tren y la factura del motel… –suspiró–. Mi madre nunca lo superó, y nunca retomó su carrera.

–Lo siento, cielo –le acarició suavemente el pelo–. ¿Se divorciaron?

–Unos años después de haber regresado a Los Ángeles, mi madre recibió los papeles del divorcio por correo para que los firmara y los enviase a un abogado de Las Vegas. Ella había renunciado a todo por él y lo habría seguido al fin del mundo si se lo hubiera pedido. Y él ni siquiera se molestó en volver para decirle que se había acabado –sacudió tristemente la cabeza–. Lo peor fue que incluso después de divorciarse mi madre siguió manteniendo la esperanza de que algún día regresara con ella. Ella nunca lo olvidó. Murió hace diez años, esperando que eso sucediera y él volviera.

–¿Y todos estos años has evitado enamorarte por temor a ser como ella?

–Ya sé que suena ridículo, pero no quería que mi felicidad dependiera de un hombre ni estaba dispuesta a renunciar a mi trabajo. No quería ser como mi madre.

–Eso es algo de lo que nunca tendrás que preocuparte, Fee –le aseguró Chance, mirándola fijamente a los ojos–. Nunca te pediría que renunciaras a nada por mí ni que cambiaras nada de ti. Te quiero por lo que eres… la mujer inteligente, hermosa y fascinante que me robó el corazón en cuanto la vi por primera vez.

Mirando sus brillantes ojos verdes, Fee supo que no tenía elección. Amaba a aquel hombre con toda su alma. Lo había amado desde que sus miradas se encontraron en la boda de su hermana.

–Te quiero, Chance Lassiter –susurró. Las lágrimas barrieron los restos del temor y se abrazó al único hombre al que amaría en su vida, lo sabía con certeza.

–Y yo a ti, Fee –dijo, apretándola contra él–. Pero sigo esperando una respuesta, cielo.

A Fee se le hinchó el pecho de gozo y felicidad.

–Si me lo vuelves a preguntar, estaré encantada de darte una respuesta.

Él la dejó en el sofá, se puso de rodillas ante ella y le dedicó una sonrisa llena de amor.

–Felicity Sinclair, ¿quieres casarte conmigo?

Un nuevo torrente de lágrimas se derramó por sus mejillas.

–Sí… –le echó los brazos al cuello–. ¡Sí, sí y mil veces sí!

Chance la abrazó y la besó con una pasión febril hasta que ambos se quedaron sin aliento.

–En cuanto a tu carrera… –le dijo al apartarse–, ¿quieres que me traslade yo a Los Ángeles o prefieres vivir en el Big Blue y trabajar desde casa?

–Chance, yo nunca te pediría que dejaras el Big Blue. Ese rancho es tu vida.

Él negó con la cabeza.

–No. Mi vida eres tú –le tocó la mejilla y añadió–: Amo el Big Blue, pero a ti te amo más. Si lo que quieres es vivir en Los Ángeles, me adaptaré. Mi hogar está donde tú estés, Fee.

–No quiero que dejes de ser un vaquero… mi vaquero –lo besó–. Me mudaré al rancho y trabajaré desde casa… si es que aún puedo trabajar para la empresa.

–¿Por qué no ibas a poder hacerlo? –le preguntó él, frunciendo el ceño.

–Le he dejado a un colega la campaña de publicidad y le he dicho a Evan McCain que buscaría trabajo en otra parte –dudó un momento–. He enviado por correo las llaves de la casa y del coche a la oficina de Lassiter Media en Cheyenne, para no tener que entregarlas en persona.

–Tú no vas a perder tu trabajo –declaró él con firmeza–. No haré esa campaña a menos que seas tú quien la dirija.

–Pero ya está todo en manos de otro ejecutivo –arguyó ella–. No creo que me asignen de nuevo la campaña.

–No estés tan segura. Creo que podemos arreglarlo… y también hacer que trabajes desde casa –se rio–. Olvidas que tu futuro marido puede influir un poco en tus jefes.

–Es cierto, señor Lassiter –también ella se rio–. La verdad es que sería mucho más fácil dedicarme a la campaña si vivo en el lugar de trabajo –se calló un momento–. Vas a ser mi portavoz, ¿verdad?

–Seré todo lo que quieras que sea, Fee –le prometió–. Solo tienes que decirlo y lo haré –su expresión se tornó seria–. Y ahora que ya hemos aclarado ese punto, hay otra cosa que quiero preguntarte.

–¿El qué?

–No me malinterpretes. No es que importe mucho, pero me gustaría saber… me preguntaba si… ¿sabes si estás embarazada? –dijo al fin, y tomó aire.

–No estoy segura. No me he hecho la prueba.

Él asintió.

–Si aún no lo estás, lo acabarás estando.

–¿Tú crees? –le preguntó ella, sonriendo.

–Tenlo por seguro, cielo. El hombre con el que vas a casarte ha vivido en un estado de excitación permanente desde que te conoció.

–¿Has oído lo que he dicho? –insistió ella sin poder dejar de sonreír.

Él frunció el ceño, claramente desconcertado.

–Has dicho que no estás segura, que no te habías hecho la prueba.

Ella asintió y le dio un beso.

–Las palabras claves son «no estoy segura», vaquero.

Chance esbozó una sonrisa de oreja a oreja.

–¿Sabes algo que yo no sepa?

–Tengo un retraso de una semana. Es muy posible que el primero de esos hijos que me has prometido esté en camino.

Chance la abrazó con todas sus fuerzas.

–Parece que las estadísticas no siempre aciertan, cielo.

–Y que aquella posibilidad tan remota no fuera tan remota –corroboró ella.

–Te quiero, Fee –la besó en las mejillas, en la frente y en la punta de la nariz.

–Y yo a ti, vaquero. Te quiero con todo mi corazón.

No te pierdas *Cómo seducir a un millonario*,
de Robyn Grady,
el próximo libro de la serie
DINASTÍA: LOS LASSITER
Aquí tienes un adelanto...

Becca siempre había admirado la figura de Robin Hood. Pero el hombre que en aquellos momentos arrojaba una flecha que impactaba en el centro de la diana no era precisamente su prototipo de héroe moderno.

Jack Reed no era Robin Hood. Era lo contrario de todo lo que ella defendía. De cada cosa en la que creía. Las personas deberían ayudar e incluso sacrificarse por los que necesitaban ayuda. Algunos confundían aquel grado de compasión con debilidad, pero Becca estaba muy lejos de ser una presa fácil.

Reed bajó el arco y miró a su invitada. Llevaba un carcaj colgado a la espalda, vaqueros y una camisa blanca remangada. Era un hombre de innegable atractivo físico, pero su sonrisa era tan engreída que Becca sintió ganas de borrársela de una bofetada. Y quizá lo hubiera hecho si pensara que serviría de algo.

Jack Reed poseía una casa en su Cheyenne natal, en el Estado de Wyoming, además de dos residencias en Los Ángeles: un ático de lujo en un rascacielos del centro y la espectacular mansión en Beverly Hills, a la que Becca había ido a verlo. Echó a andar hacia ella sobre un césped impecable. Se esperaba su visita, pero no iba a gustarle nada lo que Becca tenía que decirle.

—Becca Stevens, directora de la Fundación Benéfica Lassiter —se presentó, y señaló la diana con la cabeza—. Justo en el centro… Impresionante.

—Practiqué el tiro con arco en la universidad —repuso él con una voz profunda y varonil, casi hipnótica—. Intento practicar un poco cada semana.

—Imagino que no tendrá mucho tiempo libre, con una agenda tan apretada —dedicarse a desmantelar empresas y amasar ganancias debía de ser una ocupación muy exigente—. Le agradezco que me haya recibido.

Su anfitrión agrandó la sonrisa, obviamente destinada a desarmar a sus oponentes.

—Los amigos de J.D. son mis amigos.

—Si J.D. estuviera vivo no creo que lo considerara su amigo en estas circunstancias.

—¿Directa a la yugular, señorita Stevens? —preguntó él sin perder la sonrisa. Siendo un tiburón de las finanzas, sin duda estaría acostumbrado a que le hablaran sin tapujos.

—Pensé que querría ir al grano.

—Solo quiero ayudar a Angelica Lassiter a recuperar lo que le corresponde por derecho.